인간쓰레기의 처리 방법

이희진 소설집

How to dispose of human waste

인간쓰레기의 처리 방법

차례

01

죽은 연인의 초상

안녕하세요, 당신 곁의 든든한 믿음상조입니다. …… 죄송하지만 이번 플라스틱병 환자분은 안 받아요. 저희 직원들이 유행병에 걸린 환자분을 염하고 돌아왔다가 다른 시신까지 옮아서 플라스틱이 되어버려서요. …… 네, 네, 선생님께서 곤란하신 상황은 이해하지만……. 정부에서 지침을 내려준다고 하는데 이번에 확인해보시면……. 아, 분리수거 된다고 했다고요? 플라스틱병 환자들을 한 트레일러에 격리한다는 건 분리수거까지는 아니지 않을까요. …… 화가 나신 건 이해합니다만 선생님, 소리 지르지 마시고요. 이게 플라스틱으로 변하는 병이다 보니 매장할 수도 없고 화장할 수도 없는 노릇이라 곤란해서요. 두 방법 모두 환경단체에서 반발이 심하게 들어와서요. 게다가 이번 환경부 지침도 보셨잖아요. …… 아, 못 보셨나요. 환경부에서 플라스틱병 환자는 가급적 매장과 화장을 피하라는 지침이 들어왔어요. 수목장처럼 실질적으로 매장에 가까운 방법이라 금지되었고요. 이런 상황이니 저희도 지침을 어기면 징계를 받게 되어 있어요. …… 네, 이해합니다. 선생님께서 말씀하시는 '사람이 지침보다 중요한 상황'이라는 것도 이해합니다만, 더 많은 피해자가 발생하는 걸 막기 위해서이지 않습니까. 소각장을 찾아보시는 건……. 아뇨, 선생님을 모욕하기 위한 의도는 아니었습니다. 다만 정상적인 처리 방법으로는……. 아뇨, 그러니까, 장례식이 어려운 상황이지 않습니까. 정상적이라는 말의 의미를 오해하신……. 네? 고소요? 선생님, 여보세요? 선생님?…….

♻ ✳ ⧗

나영은 전화기를 내려놓았다. 말은 이렇게 하더라도

실제로 고소가 들어오는 경우는 거의 없었다. 기껏해야 인터넷으로 고소가 가능한지 몇 차례 검색하다가 정부 지침에 따를 뿐인 장례업체를 고소하는 건 어렵다는 사실을 깨닫고 좀 더 우울해져서 다음 장례업체를 찾아 나설 것이다. 다른 명목으로, 예를 들자면 자신의 기분을 나쁘게 했다거나 망자를 모욕했다는 이유로 고소하려고 해도 얻어낼 수 있는 보상금보다 고소 과정에 드는 비용이 비교할 수 없을 정도로 크다는 사실을 알게 될 것이다.

그러나 전화를 받는 사람의 입장에서는 기분이 유쾌하지 않은 건 사실이다. 나영은 다시 일에 집중하려고 했지만, 열려 있는 엑셀 파일을 1분 가까이 가만히 바라보다가 뻑뻑한 눈을 문질렀다. 게시글과 채팅 시스템이 익숙한 세상에서 수화기로 쏟아진 분노를 받아내고 나니 머릿속이 얼얼했다. 눈알 뒤쪽의 어딘가 아주 섬세한 기관이 상처입은 것 같았다. 누군가에게 방금 받은 전화에 대해 털어놓고 위로 받고 싶었지만, 다 자란 어른이 직장 동료에게 그런 어리광을 부리면 안 된다는 사실을 잘 알고 있었다.

나영은 핸드폰을 켰다. 유일하게 어리광을 부릴 수 있

는 연인인 준은 사흘째 연락이 안 되고 있다. 채팅창에는 나영이 보낸 메시지만 쌓여가는 데다가 전화도 받지 않았다. 5년째 사귀면서 이런 일은 처음이다.

"나영 씨, 이것 좀 도와줘요."

동료인 정우가 끌고 있는 수레에 시체가 든 보디 백이 몇 개씩 겹쳐져 아슬아슬하게 쌓여 있다. 원래라면 시신을 겹쳐 쌓는 일은 없어야 하지만, 나영이 황급히 다가가 떠받친 가방은 사람의 시신이 들어 있다고 보기에는 지나치게 가벼웠다. 나영은 흘러내리려는 가벼운 부피를 떠안자마자 모두 플라스틱병에 걸린 시신이라는 사실을 깨달았다.

길고 어려운 이름 대신 모두 '그 병'을 플라스틱병이라고 부르고 있었다. 줄여 말하기를 좋아하는 인터넷에서는 아예 '페트병'이라고 부르는 모양이다. 신체 말단부터 점차 플라스틱으로 변하다가 결국에는 온몸이 반투명하고 딱딱한 플라스틱으로 변하는 병이다.

미세 플라스틱이 신체에 쌓이다가 변이를 일으켰다는 게 보건복지부의 설명이었다. 사람마다 발병 시기와 증세의 악화 속도가 달랐으나, 단 하나 확실한 사실은 그 병이 처치 곤란한 거대한 환경오염 쓰레기를 남긴다는 것이었다.

“가볍네요.”

매장도 화장도 불가능했기 때문에 어떤 장례업체에서도 플라스틱병 시신을 받지 않는다. 나영은 왜 이 시신들이 여기 있느냐고 캐묻는 대신 단순한 사실만을 말했다. 가벼워서 오히려 자꾸만 흘러내리는 시신들을 붙잡아 창고에 밀어 넣은 정우가 소매를 정리하며 한숨을 쉬었다.

“이번에 들어온 보디들이에요. 처음에는 일반 시신인 줄 알았는데 염하는 과정에서 점점 플라스틱으로 변하잖아요. 내부부터 변한 건지……. 보호자는 연락도 안 되고.”

“여기다 두면 장례를 치러줄 거라고 생각하나봐요.”

"그런가봐요. 시신 유기라니."

상주는 없고, 굳이 돈을 들여 장례를 치를 수도 없으니 저런 시신들은 결국 창고 신세다. 그나마 다행이라면 썩지 않아서 오래 방치해도 시취가 나지는 않는다는 것이다. 그런 이유로 창고에 쌓인 시체만 여럿이다.

아무도 받아주지 않는다는 이유로 업체에 떠넘기고 잊고 싶은 시신들. 무덤도 없고 이름도 없이 발가락에 매어 둔 '신원 불명자'라는 꼬리표 하나만 남은 것들.

나영은 존중 없이 쌓인 보디 백들을 바라보다 핸드폰을 꺼냈다. 준에게 다시 메시지를 보냈지만 여전히 받지 않는다. 어디야, 무슨 일이야, 괜찮은 거지? 준이 대학원에 다니고 나서부터 연락이 서서히 뜸해지기는 했지만 일방적으로 연락을 거부한 적은 없다. 오늘까지 연락을 안 받으면 집에 찾아가봐야지, 라고 생각하는데 갑자기 핸드폰이 진동했다. 낯선 번호였다.

여보세요, 말을 꺼내기도 전에 녹음된 여성의 목소리가 흘러나왔다. 이 전화는 수신자 부담으로 걸려온 전화입니다. 상대를 확인하신 뒤 전화 연결을 결정해주세요. 나영은 아주 어릴 적 핸드폰이 없을 때에나 이런 전화를 해보았다. 공중전화에서 동전 없이 전화를 걸 때 상대에게 들렸을 그런 안내 음성이다. 상황을 파악하기도 전에 무정하게 기계음이 삑, 울리더니 사람의 목소리가 들렸다.

[나영아.]

준이었다. 핸드폰에 메시지를 몇 개나 쌓아두고도 연락을 되돌려주지 않은 연인.

[잠깐 우리 집으로 와줄 수 있어?]

며칠이나 연락이 안 된 사람치고는 몹시도 차분한 목소리였다. 아무 일도 없다는 것처럼. 또는 아무 일도 없기를 바라는 사람처럼.

♻ ✳ ⧗

준이 문을 열었다. 현관문 비밀번호가 바뀌어 있었다. 상대를 확인하고서야 문을 열어주는 그의 얼굴이 마지막으로 봤을 때보다 훨씬 창백해 보였다. 날이 더워지는 계절인데도 준은 소매가 길고 목까지 덮은 니트를 입고 있었다. 마스크에 양말과 장갑까지 집착적으로 입은 모양이 기묘했다.

"어디 아파?"

얼굴을 보자마자 인사 대신 튀어나온 말에 준이 웃었다. 나영은 연인의 속눈썹이 희게 변해 있음을 깨달았다. 언제나 좋아하던 보조개는 얕아져 있었고, 눈가에 나 있던 점은 흐려져 있었다.

"나영아, 보고 싶었어."
"무슨 일 있었던 거야. 병원은 가봤어?"

나영은 아무것도 눈치채지 못한 척 물으며 손을 뻗었다. 준의 얼굴은 수십 번, 수백 번 보아온 시신들과 닮아 있었다. 정확히는 숨이 끊어지기 전의 얼굴. 플라스틱으로 완전히 변이하기 전에 어떤 모습이었을지 때때로 짐작했을 그런 얼굴.

뺨에 닿으려던 손은 허공에 닿았다. 준은 장갑을 낀 손으로 나영의 손을 잡아 끌어내렸다. 나영의 맨살이 혹시 자기 몸에 닿을까 두려워하는 것 같았다. 결박하듯 나영의 손을 꼭 쥔 채로 준이 속삭였다.

"미안해. 널 부르면 안 됐는데……. 생각나는 사람이 너밖에 없었어."

차마 시선도 마주치지 못한 채 내리깐 새하얀 속눈썹. 준의 얼굴에서 보이는 부분은 눈가와 마스크가 걸린 귀밖에 없었다. 짧게 자른 머리카락이 눈썹 부근에서 흔들렸다. 그마저도 드문드문 새치가 섞인 것처럼 희게 물들어 있었다.

시신은 수도 없이 보았지만 진행 중인 사람을 본 건 처음이었다. 나영은 여전히 현관에 서서, 안으로 들어서지도 못하고, 그렇다고 도망치지도 못한 채로 연인을 바라보았다. 흰 얼굴과 온몸을 꽁꽁 싸맨 옷, 마지막이 머지않았음을 증거하듯 원래의 색이 거의 남아 있지 않은 피부.

준이 움직일 수 있다는 게 신기할 정도였다. 나영은 준을 가만히 바라보다가 장갑 위를 꽉 움켜쥐었다. 아플 정도로 짓눌렀는데도 준은 아무렇지도 않아 보였다. 아니, 심지어 눈치도 채지 못한 것 같았다.

“이거 쓰고 들어와.”

준이 내어준 마스크는 포장도 뜯지 않은 새것이었다. 손가락에 비닐 포장지를 걸어서 내미는 행동이 어색했다. 사람의 손가락을 움직인다기보다는 어떤 도구를 사용해서 집어 드는 것 같았다. 쇠 집게, 나무 막대, 플라스틱…….

플라스틱.

"얼마나 진행된 거야?"

준은 대답하지 않았다. 그의 손가락이 완전히 플라스틱으로 변했다는 사실은 명백했다. 저런 손으로는 전자 패널을 터치하지도 못했을 것이다. 그제야 전화가 공중전화로 걸려온 게 이해되었다. 플라스틱으로 변하는 건 신체 말단부터 진행된다. 손가락이, 어쩌면 손이 완전히 플라스틱으로 변하고, 얼굴까지 저렇게 되었다면 남은 시간이 얼마 없다는 얘기다. 어쩌면 한 달, 어쩌면 일주일, 어쩌면 하루…….

"부탁하고 싶어서 불렀어."

준과 연락이 끊긴 건 겨우 사흘 동안의 일이다. 사흘 만에 준은 온몸이 플라스틱으로 변해 있었다. 진행 속도가 빠르다. 준에게 남은 시간은 얼마 없다. 어쩌면 몇 시간, 어쩌면 몇 분. 슬퍼할 겨를이 없었다. 머리로는 알면서도 나영은 어느새 울고 있었다. 턱 밑으로 굵은 눈물이 흘러내렸다.

준은 난감하게 웃었다. 옅은 갈색이었던 눈동자가 얼룩덜룩하게 물들어 있었다. 감각이 없는 손이 나영의 뺨을 천천히 더듬다가, 눈물을 닦아주려던 손가락이 서툴게 윤곽만 더듬고 떨어져나갔다. 위로의 말은 따로 하지 못하고 준은 나영이 진정되길 기다렸다가 다시금 물었다.

"내가 플라스틱병 감염을 연구했던 건 알지?"

알고 있다. 준의 박사 논문 주제였다. 나영은 훌쩍거리며 고개를 끄덕였다. 감염 경로와 원인을 알아내기만 한다면 박사가 되는 건 물론이고 감염병을 예방할 수 있다고, 준은 언제나 피곤한 얼굴로 열의에 차서 얘기하곤 했다.

"실마리를 잡았어. 네가 확인해주면 좋겠어."
"내가?"

나영이 울먹이며 되묻자 준이 웃었다. 몇 초 사이에 준의 눈동자가 좀 더 희게 변해 있었다. 나영은 훌쩍이며 준의 손가락을 움켜쥐었다. 아무 감각도 없을 단단한 윤곽을 쥐고 그가 조금이라도 자신의 존재를 실감했으면 했다. 눈앞에서, 아주 빠르게 죽음에 다가가면서도 곁에 연인이 있다는 사실을 알았으면 했다.

"네가 해줘."

준이 속삭였다. 나영은 준의 목소리가 점차 작아지는 게 힘이 없어서가 아니라 몸 내부가 플라스틱으로 변해가고 있어서라는 사실을 알아차렸다. 자꾸 눈물이 쏟아져 준의 얼굴이 보이지 않았다. 준은 나영을 가만히 바라보다가 아주 느리게 움직였다. 나영의 손을 잡고 집으로 들어간 준이 식탁 의자에 앉았다. 식탁 위에는 논문과 지도를 비롯해 나영은 읽는 것조차 어려운 자료들이 흩어져 있었다.

"……."

준이 입을 열었다가 닫았다. 이제는 목소리도 나오지 않는 모양이다. 그의 몸이 뿌연 흰색으로 점차 변해가고 있었다. 아주 빠른 속도였다. 빳빳한 손가락이 천천히 움직여 지도를 짚었다. 나영은 가본 적 없는 지역의 산속이다. 손가락으로 짚은 지점에 글씨가 쓰여 있었다. 까만 글씨보다도 그 위를 덮은 새하얀 손톱이 더 눈에 들어왔다.

그리고 준은 그대로 움직이지 않았다. 눈꺼풀이 한 번, 깜빡였다. 그것뿐이었다. 마지막으로 색이 남아 있던 머리카락이 나영의 눈앞에서 천천히 흐려졌다. 짧게 자른 머리카락이 광섬유처럼 변한 뒤에야 희미하게 마지막 숨이 새어 나온 것 같았다. 준은 더 이상 움직이지도 웃지도 않았다.

♻ ✳ ⧗

나영은 그 일에 말려들고 싶지 않았다.

♻ ✳ ⧗

감염병 조사를 하는 거라면 국가 차원에서 움직이면 되지 않는가. 세상에는 경찰도 있고 군인도 있다. 준이 개인적으로 조사해야 하는 일이라면 분명히 뒤가 구리거나 근거가 희미한 일일 게 뻔했다. 물론 나영은 준을 사랑했다. 그렇다고 해서 그를 위해 범법자가 되고 싶지는 않았다. 연인을 사랑하는 것과 앞길에 빨간 줄이 그어지는 건 다른 일이니까. 나를 위해 불법적인 일을 저질러달라는 연인은 연을 끊어야 맞지 않는가.

그러나 준은 죽었고, 그 불법적인 일은 준의 유언이자 마지막 부탁이 되었다. 나영은 정말로 거기에 말려들고 싶지 않았다. 나영은 언제나 길고 가늘게 평화로이 사는 게 꿈이었다. 언젠가 준 또는 다른 누군가가 될 미래의 동반자와 함께 여생을 보낼 작은 아파트도 봐둔 참이었다. 착실한 미래에 불확실함을 끼워 넣고 싶지 않았다.

동시에 나영은 준의 시신을 방치하고 도망갈 만큼 매정한 사람도 아니었다. 눈앞에 하얗게 굳어버린 연인의 시체가 있다. 나영이 몇 번이고 만져왔던 죽은 자의 몸뚱이라기보다는 준의 정교한 복제처럼 보였다.

피부는 안쪽이 희미하게 비쳐 보이는 단단한 흰색이었다. 감지도 못한 투명한 눈동자에 나영의 얼굴이 반사되었다. 속눈썹은 하얗게 얼어버린 한겨울 솜털처럼 아름다웠다. 준의 입꼬리는 살짝 올라간 채로 굳어 있었다. 금방이라도 말하고 눈을 깜빡일 것 같았다. 반대로 그저 아주 정교하게 만든 밀랍인형 같기도 했다. 여기에 색을 칠하면 원래의 준과 구별되지 않을 것이다. 이건 준 자체니까.

준의 시신을 앞에 두고서도 나영은 한참이나 가만히 앉아 있었다. 바보 같은 일이다. 이상할 정도로 머릿속이 차분했다. 눈물조차 나오지 않았다. 방금 전까지 몸 안의 모든 수분을 쏟아낸 것 같았다. 머리가 멍했다.

준과는 5년 전에 만났다. 5년이나 사귄 건 준이 처음이었다. 준은 이상적인 애인이라고는 할 수 없었지만 나영에게는 꼭 맞는 애인이었다. 애초에 이상적인 연인이라는 게 뭐란 말인가. 나영은 기념일마다 꽃을 주는 연인도, 매번 달콤한 밀어를 속삭이는 연인도 필요하지 않았다.

준은 로맨틱한 사람도 다정한 사람도 아니었으나 나영이 문자를 보내면 10분 안에 대답했다. 언제나, 아주 짧은 답일지라도.

전화를 못 거는 상황에서도 준은 나영을 최우선 순위로 두었다. 나영은 그것만으로도 행복했다. 꽃을 받지 못해도 좋았고, 데이트 내내 키스 한 번 없어도 즐거웠다. 준과는 이야기가 잘 맞았고 웃는 타이밍이 비슷했다. 준과 영원을 약속할 수는 없어도 사랑을 의심한 적은 없었다.

그러니까 나영은 준을 사랑했다. 준을 보면 가슴이 뛰지는 않았지만 그의 곁에 있으면 매우 안정감을 느꼈다. 세상 모든 것에 불안을 느끼는 사람이 오직 한 사람에게만 마음이 놓인다면 그건 사랑일 테다. 나영은 그러한 방식으로 준을 사랑했다. 세상의 모든 사람을 의심하지만, 준만큼은 의심하지 않는 방식으로.

준은 나영을 배신하지 않을 마지막 한 사람이었다. 준만큼은 그래야만 했다.

"준."

조용히 이름을 불러도 돌아오는 대답이 없다. 하얗게 번진 눈동자의 지문 같은 홍채까지도 선명한데 이제 그 안에는 아무도 없다. 영혼이라는 게 있다면 그것에 새겨진 연한 흉터까지도 남아 있을 완벽한 보존 상태이건만 준은 웃지도 않고 나영을 바라보지도 않았다. 빛이 들면 밝은 갈색이 비치던 눈동자는 하얀 박제가 되어 지도를 내려다보고 있다. 마찬가지로 하얗게 굳어버린 손끝과, 손톱과, 그 손톱이 가리고 있는 글자를.

준을 이루고 있는 모든 것이 플라스틱으로 변했어도 옷은 원래의 색을 보존하고 있었다. 그 모습이 상황을 기묘하게 보이게 만들었다. 플라스틱 박제에 사람의 옷을 입혀 둔 꼴이라고 할까. 어쩌면 조금 과하게 사실적인 마네킹이 이런 모습일 것이다.

현실성도 실감도 느껴지지 않았기에 나영은 준을 멀거니 바라보다가 그의 시선을 따라 눈을 내렸다. 근교의 산속에 위치한 자원회수 처리시설. 그러니까 직관적으로 말하자면 쓰레기 소각장.

여길 왜? 의문이 머릿속에 떠올랐다가 이내 차단기를

내린 것처럼 꺼졌다. 지금은 아무것도 생각하고 싶지 않았다. 나영은 준의 손 아래에서 지도를 빼냈다. 모양대로 굳어버린 준은 마네킹처럼 쉽게 움직여주지 않았다. 나영은 가만히 서서 준을 내려 보다가 욕실로 걸음을 옮겼다. 뜨거운 물을 받아야 했다.

♻✳⧗

더운물로 관절을 녹여 자세를 잡는 과정은 경직이 일어난 시체를 가다듬는 과정과 크게 다르지 않다. 악취가 없다는 점에서는 차라리 편했다. 나영은 준의 몸을, 그 플라스틱 덩어리를 일반 시신에 했던 대로 동여맸다.

준의 집에는 삼베도 수의도 없었으니 여름에 쓰는 홑이불과 가죽 벨트를 사용해 염습(殮襲)했다. 손발을 고정해 묶고, 고개 밑에 베개를 괴어 싸매고……. 나영은 대학에서나 쓰던 실습용 모형을 만지는 것 같았다. 손가락에 감기는 싸늘한 체온도 스며 나오는 부패한 물기도 없다. 건조하고 산뜻한 시체. 이게 말이나 되는 소리인가.

"가자, 준아."

나영이 중얼거리며 준의 몸을 둘러멨다. 가볍다. 플라스틱이라고는 해도 속이 텅 빈 건 아닐 테니 무게가 조금은 있어야 할 텐데, 나영에게는 이상할 정도로 가볍게 느껴졌다. 지금껏 다뤄왔던 무게를 생각하고 들었기 때문인지도 모른다.

죽은 사람은 아무것도 듣지 못한다. 준이라고 느껴지지도 않았다. 그래도 나영은 끊임없이 준에게 말을 걸었다. 입 밖으로 내어 말한다기보다는 웅얼거리며 외는 꼴이라 말을 건다기보다 그저 스스로를 납득시키려는 몸부림이었다.

"불편하겠지만 참아, 너를 트렁크에 실을 수는 없잖아."

성인 남성 크기의 플라스틱을 뒷좌석에 반듯하게 눕히기에는 차가 좁았다. 나영은 준을 싸맨 이불 덩어리를 비스듬하게 걸치고 안전벨트를 이리저리 묶어 고정시켰다.

최선을 다했지만 제대로 매이지 않아서 차가 덜컹거릴 때마다 이불 덩어리가 조금씩 아래로 미끄러졌다.

"조금만 참아. 조금만……."

중얼거리는 소리가 누구를 향한 건지도 모르겠다. 나영은 시선을 전방에 고정한 채로 차를 몰았다. 뒤에서 무슨 소리라도 날까봐 신경이 곤두서 있었다. 그러면서도 나영은 스스로가 어처구니없었다. 뭘 기대하는 건가. 어느 순간에 준이 눈을 깜빡이며 풀어달라고 버둥거리기라도 할 것인가. 이게 준이 아니고, 이 모든 게 바보 같은 장난이라는 증거라도 기다리는 건가.

조금만 참아. 몇 번을 중얼거렸는지도 모르겠다. 희미한 속삭임이 이제는 스스로에게도 닿지 않을 무렵, 나영은 산길로 접어들었다. 비포장도로를 지나자 차가 덜컹거렸다. 이상할 정도로 깊은 산속이다. 이따금 길 옆쪽에 녹슨 표지판이 꽂혀 있었으나 페인트칠이 벗겨져 제대로 알아보기 힘들었다. 나영을 안내하는 건 오직 핸드폰의 내비게

이션 소리뿐이었다.

[5킬로미터 이상 직진 구간입니다.]

이 정도로 깊은 산속이라면 폐업했거나 지도가 잘못된 게 아닐까 슬슬 의심이 들 무렵에야 소각장이 나타났다. 소각장만 달랑 있는 건 아니었고, 작은 관광지 마을이 형성되었다가 쇠락한 흔적이 남아 있었다. 한때는 온천이 있었던 건지 마을 한구석에 낡고 찢긴 현수막이 매달려 있었다. '회우 유황 온천 마을에 오신 것을 환영합니다.' 그 글자마저도 닳아서 읽기 힘들었다.

간신히 전기는 들어오는 모양이었다. 가로등 몇 개가 을씨년스러운 마을을 비치고 있었다. 나영은 가로등 불빛을 따라 천천히 차를 몰았지만 낡고 무너진 건물에 비치는 불빛이라고는 없었다. 마을 귀퉁이까지 가서야 슬레이트 지붕에나 쓰이는 물결무늬 철골로 담장을 쳐놓은 작은 집이 나왔다. 낡기는 매한가지였으나 그나마 불빛이 켜진 유일한 집이었다.

"계세요?"

차를 세우고 목소리를 돋우자 잠시 조용했다. 안쪽에서 희미하게 라디오 소리가 들리는 것도 같았다. 나영은 어둠 속에 유일하게 환한 유리창을 바라보다가 다시 외쳤다.

"계세요?"

유리창에 굴곡을 주어 안쪽이 제대로 보이지 않게 만든 탓에 뿌옇게 흐려져 안에 사람 그림자만 언뜻 보였다. 라디오 소리가 뚝 끊겼다. 안쪽에 앉아 있던 두 개의 그림자 중 하나가 일어나 철제문을 드르륵 열어젖혔다.

초로의 남성이 문틈으로 고개를 내밀었다. 남자는 자동차 헤드라이트에 잠시 얼굴을 찡그렸다가 나영의 얼굴을 보고는 볼 것도 없다는 투로 손을 내저었다.

"지금이 몇 신데, 내일 오시오."

"내일이요?"

열한 시가 넘어가는 시각이다. 이 산길에서 나가 숙소를 찾으려면 새벽이 되어야 가능할 것이다. 인기척이 없는 동네에서 잘 곳을 찾는 건 불가능했다.

"근처에 잘 데도 없는걸요."
"그럼 차에서 주무시든가."

남성은 귀찮다는 투로 내뱉고는 문을 닫아버렸다. 나영은 멍하니 서서 닫힌 문을 바라보았다. 탁한 유리 너머로 두 사람의 그림자가 움직였다. 안쪽 불이 툭 꺼졌다가 다시 문이 열렸다. 반사적으로 허리를 세운 나영에게 남성이 내뱉었다.

"불 좀 끄쇼."
"네?"
"시동 끄라고."

제대로 대꾸하기도 전에 다시금 문이 닫혔다. 나영은

잠시 닫힌 문을 바라보다가 차에 기어올랐다. 헤드라이트를 켠 채로 기다리면 다시금 남자가 기어 나올까 싶어서 10분 정도 기다려보았지만 문이 다시 열리는 일은 없었다. 나영은 시동을 껐다. 엔진 소리가 잦아들자 완전한 적막이 찾아들었다. 자신의 숨소리마저 선명하게 들렸다.

닫힌 차창 너머로 나뭇잎이 바스락거리는 소리가 희미하게 들렸다. 부엉이가 어디선가 울고, 이따금 알 수 없는 산짐승 소리가 들렸다. 사람의 소리는 들리지 않았다. 눈앞에 사람이 사는 집이 없었더라면 영락없는 조난이었다. 그 집마저도 어둠에 휩싸여 허깨비처럼 보였다.

등 뒤에는 죽은 연인이 있다. 무게감이 없는 시신이다. 죽었다는 실감조차 희미했다. 귀를 기울이면 먼 곳에서 들려오는 짐승 소리에 섞여 연인의 숨소리가 들릴 것 같았다. 아니, 지금이라도 연인에게서 전화가 걸려올 것 같다. 지난 며칠은 일이 바빠서 연락이 안 되었다고, 이제 퇴근했으니 함께 식사하자고. 나를 닮은 장난감은 그곳에 묻어두고 돌아오라고.

그러나 연인의 숨소리가 들리는 일도 그의 연락이 닿는

일도 없다. 나영은 스스로의 숨소리가 거슬릴 때까지 가만히 앉아 시간의 흐름을 세었다. 초침 소리도 들리지 않는 어둠 속에서 일정하게 울리는 심박만이 시간을 끌고 걸음을 옮겼다.

달이 기울 무렵에야 움직임이 보였다. 어둠 속에서 희끄무레하게 움직여 산짐승인 줄 알았으나 문을 여닫는 소리에 사람임을 알았다. 경계가 제대로 보이지 않는 무엇이 아주 느리게 주춤주춤 차를 향해 다가왔다. 몇 분이 지나서야 가까워진 그가 차창을 두드렸다. 똑, 똑, 나이든 관절이 으레 그렇듯 사이를 두고 띄엄띄엄 이어지는 연속된 노크.

나영은 실내등을 켰다. 노란 불빛이 비치자 유리창 너머로 머리가 희게 센 노파의 얼굴이 보였다. 축 늘어진 눈꺼풀 아래 눈동자가 나영을 보고 있는지 아닌지도 확실하지 않았다. 마르고 늙은 손을 두어 번 허공을 휘적거리더니 노파는 걸어온 길을 되돌아갔다.

나영은 한 박자 늦게 그게 '따라오라'는 소리인 줄 알았다. 차에서 내려 문을 잠그고 노파의 뒤를 따라 걷는 동안 노파는 아주 느리게, 다리를 절며 걸었다. 나영의 속도와 맞지 않을 정도로 느려서 몇 번이나 걸음을 멈춰야 했다.

"여기 사시나요?"

"……."

"사장님이세요?"

"……."

노파가 주름진 입술을 오물거렸으나 새어 나오는 목소리는 형편없이 연약해서 제대로 알아듣기 힘들었다. 등은 지팡이를 짚지 않는 게 신기할 정도로 굽어 있었고, 걷는 것조차도 힘든지 오래된 슬리퍼 밑창이 바닥을 문지르듯이 움직였다. 나영은 어색하게 노파를 부축하려고 했으나 노파는 나영을 아랑곳하지 않고 시간을 들여 주춤주춤 걸었다.

노파가 낡은 미닫이문을 열었다. 나영을 향해 손짓하며 웅얼거리는 소리가 희미했다. 나영이 몇 번을 되묻자 노파가 설명을 포기하고 등을 밀었다. 마르고 늙은 손가락에 비해 힘이 제법 좋았다. 나영이 문 안쪽으로 발을 들이자 노파가 불을 켰다. 오래된 가전과 계절에 맞지 않는 물건들이 쌓인 창고에 딱 한 사람 누울 정도의 공간이 남아 있었다.

노파가 창고 구석의 비단 보자기를 풀었다. 거대한 만두처럼 보일 정도로 꽁꽁 싸맨 이불이 굴러 나왔다. 날이 추운 것에 비해 얇은 이불이었지만, 안 쓰는 걸 박아두는 창고라는 걸 감안하면 이 정도밖에 없을 것이다. 이불을 주섬주섬 깔아주는 노파를 도우며 나영이 인사했다.

"감사합니다."

"……."

노파는 주름진 입술을 오물거리다가 몸을 돌렸다. 노인들이 으레 그렇듯 웃는 건지 아닌지 알 수 없을 정도로 얼굴 근육이 굳어 있었다. 나영은 노파가 올 때와 비슷한 속도로 느리게 방으로 돌아가는 것을 바라보다가 얇은 이불에 몸을 눕혔다. 씻지도 못하고 옷을 갈아입지도 못했지만 이게 어디인가. 차에 앉아서 밤을 새우는 것보다는 이불을 덮고 눕는 게 그나마 나았다.

핸드폰을 켜자 새벽 두 시가 넘어 있었다. 배터리는 반절 남짓 남아 있다. 습관적으로 메신저를 켰다가 나영은 준과 눈이 마주쳤다. 준의 프로필 사진에 두 사람이 나란히 웃고 있었다.

나영은 한참이나 조그만 사진을 들여다보았다. 준의 곁에서 나영은 정말로 행복하게 웃고 있었다. 나영이 준을 사랑한다고 느끼는 것보다도 더 행복해 보이는 얼굴이다. 준은 나영의 귓가에 뺨을 댄 채로 웃고 있었다. 짧은 머리카락이 흐트러져 있고, 반짝거리는 종이 꽃가루가 머리카락에 앉아 있었다.

아무 날도 아니었지만 준이 케이크를 사왔던 날이었다. 갑자기 먹고 싶어졌다면서, 나영이 좋아하는 무스 케이크를 사왔던 날. 나영은 그 케이크가 적어도 사흘 전에는 예약해야 수령할 수 있다는 사실을 알고 있었다.

그즈음, 나영은 쏟아지는 일에 힘들어했다. 그날도 새벽이 되어서야 퇴근했다. 스트레스와 피로가 가득 쌓인 나영을 기다리던 준은 나영의 어깨를 주물러주고 잘 건지 물어보고 케이크를 통째로 퍼먹을 수 있게 커다란 포크를 가져다주었다. 나영이 함께 딸려 온 작은 파티 폭죽을 터트리자 준이 웃었던 것도 같다.

준, 어둠 속에서 연인의 이름을 속삭이는 게 낯설었다. 이 부름은 언제나 듣는 상대가 있었다. 준, 하고 부르면 고개를 들며 시선을 보내는 사람이 있었고, 간단한 메시지에도 꼬박꼬박 돌아오는 답장이 있었다. 언제나 대답이 돌아오던 이름이건만 지금은 중얼거려도 아무도 대답하지 않는다.

나영은 메신저 창을 열었다. 지난 며칠간의 잠적을 제외하면 언제나 준의 대답이 마지막을 맺고 있었다. 그것 때문에 한때 투닥거렸던 일도 생각났다. 꼬리에 꼬리를 물고 마지막 인사가 이어지자 준이 전화를 걸어 웃었을 때, 그의 웃음소리가 참 듣기 좋았다.

"준."

아무도 듣지 않는 부름이다. 나영은 메신저 창을 닫았다. 창고 바깥, 차량에 실린 것이 연인처럼 느껴지지 않았다. 준이 죽었다는 사실부터 실감이 나지 않았다. 차에 실어둔 것은 준이 아니라 그저 그가 맡긴 물건 같았다. 연인이 처리를 도와달라며 불러 맡긴, 골치 아픈, 용도를 알 수 없는 물건.

준, 나영은 다시금 연인을 부르고는 눈을 감았다. 이불 안쪽으로 파고드는 냉기가 서러웠다.

♺ ✳ ⧗

열린 문틈으로 햇빛이 폭력적으로 쏟아졌다. 나영은 얼굴을 찡그리며 정신을 차렸다. 잠에서 완전히 깨지 못하고 끙끙거리자 어제 보았던 남성이 헛웃음을 지었다.

"아주 지 안방이여."

"안, 안녕하세요."

"나오쇼. 얘기 좀 합시다."

남성은 성의 없이 손짓하고는 자리를 비켰다. 씻는 건지 뭔지 물이 쏟아지는 소리가 들렸다. 나영은 잠시 멍청히 자리에 앉았다가 겨우 정신을 차리고 밖으로 나갔다. 어제 보았던 노파가 수돗가에서 쌀을 씻고 있었다.

안녕하세요, 인사해도 돌아오는 대답이 없다. 노파는 나영의 말을 듣지 못한 것처럼 마른 손가락으로 쌀을 문질러 씻었다. 한 번 더 인사하려다 관두고 나영은 평상에 앉은 남성과 마주 앉았다. 믹스 커피 두 잔이 종이컵에 담겨 나란히 놓여 있었다.

"어디서 보고 오셨소."

'오셨소'인지 '오셨어'인지 묘하게 헷갈리는 발음이다. 기분이 나쁠 수도 있지만 나영은 몇 번이나 비슷한 사람들을 상대해왔다. 지인의 죽음에 이성을 놓고 하대하는 사람들에 비하면 남성은 차라리 다루기 쉬운 편이다.

"아는 사람이 말해줬어요."

"뭐라고 듣고 오셨는데."

나영은 망설였다. 준에게 들은 정보는 한정적이었다. 플라스틱병 감염의 실마리를 잡았다는 정도. 확인해달라는 부탁. 그것만으로는 여기가 어떤 곳인지 확인하기 어려웠다.

나영이 입을 다물고 있자 남성이 담배를 피워 물었다. 양해도 없이 연기가 쏟아졌다.

"예까지 온 것 보면 뻔하지."

"……."

"물건은 차에 있나?"

소각장 간판을 내걸고 있으니 플라스틱병에 걸린 시체들을 소각하는 곳일 터다. 감염의 실마리와 어떤 연관이 있는지는 여전히 알 수 없지만. 어쨌든 나영이 장단을 맞추려 고개를 끄덕이자 남성은 차를 힐끔 보고는 담배를 손가락 사이에 끼웠다. 그의 시선이 마당 구석으로 향했다. 노파가 쌀바가지를 들고 주춤주춤 안으로 들어가고 있었다.

"30."

"네?"

나영이 눈을 찡그렸다. 담배 연기가 자꾸 닿아서 호흡이 불쾌했다. 남성은 나영의 표정을 어떻게 생각했는지 입술을 비스듬하게 당겨 올렸다.

"30이 비싸면 돌아가시든가."

"30만 원이요?"

"그럼 30원이겠나."

담배 연기가 쭉 빨아들여졌다가 다시 터져 나왔다. 나영은 혼란스럽게 얼굴을 찌푸렸다. 그냥 소각하고 끝내는 거라면 준이 이곳을 지목할 이유가 없다. 30만 원이 없는 건 아니지만 이래서야 다른 불법 소각장과 다를 게 뭔가.

나영이 머뭇거리자 남성이 태도를 바꿨다. 담배를 밟

아 끄고는 선심이라도 쓰듯 묻는다.

“깎아드려?”

“여기서 태우는 건 맞아요?”

“듣고 왔다면서. 아가씨랑 나만 입 다물면 아무도 몰라.”

아무도 모른다기엔 알음알음 소문이 퍼진 것 같은데. 당장 나영도 ‘아는 사람에게서 듣고 왔다’고 말했다. 나영은 지적하는 대신 슬그머니 말을 돌렸다.

“같이 사시는 분은 어머님인가요?”

남성이 대수롭지 않게 고개를 끄덕였다. 노파는 식사 준비를 하는지 집 안쪽에서 덜그럭거리는 소리를 내고 있다. 남성이 커피를 홀짝이며 고개를 저었다.

“다 늙어가지고, 명줄도 길지.”

“…….”

"그러니까, 저 노친네에게도 병 좀 옮겨주쇼. 그러면 싸게 해드릴게."

어처구니없다. 나영은 잠시 자신이 들은 말이 맞는지 확인하려고 남성을 바라보았으나, 그는 이런 흥정을 여러 번 해왔다는 듯 익숙한 태도로 집을 가리켰다. 집안일을 도맡는 노파를 물건처럼 언급하며 남성이 웃었다.

"그 김에 같이 태워버리게."

"……."

"별일도 아니잖어. 안 그래? 대신 10만 원 깎아줄게."

사람에게 일부러 병을 옮기는 일이 별일이 아니라고. 죽어버린 시체를 가지고 병을 옮기는 게……. 나영이 혼란스럽게 입을 다물고 있는 동안 남성의 얼굴에서 웃음기가 천천히 사라졌다. 그리고 이내 성가신 것을 바라보는 듯한 시선으로 나영을 응시했다.

"못 하시겠으면 가고."

"왜, 병을."

옮기시려고요. 뒷말은 입 안으로 사라져버렸다. 눈앞에서 하얗게 물들던 준이 떠올랐다. 굳어버리던 뺨, 얼어붙는 속눈썹, 섬세하게 조각해놓은 얼음처럼 체온을 잃던 몸. 그 과정의 고통을 잊은 것처럼 평온하던 얼굴.

떠올리기만 해도 숨이 모자랐다. 누군가 숨통을 틀어쥔 것처럼 가슴이 답답했다. 남성은 나영의 마음을 신경도 쓰지 않은 채 종이컵을 뒤집었다. 약간 남아 있던 커피가 마당에 아무렇게나 뿌려졌다.

"그건 몰라도 되고."

"……."

"할 거야, 아가씨?"

이런 걸 해야 한다는 말은 없었다. 하기야 준이 남긴 말 가운데 자세한 설명이 있던가. 준을 위해서 어디까지 할 수 있는지 나영은 스스로도 확신하지 못했다. 준을 위해 사람도 해칠 수 있느냐는 질문을, 딱 일주일 전에 물어봤다면 나영은 단호하게 고개를 저었을 것이다. 나영은 사랑을 위해 자신의 삶과 미래를 바치는 사람이 아니었다.

그러나 언제나 그렇듯이 죽음은 사고를 무뎌지게 한다. 섬세하게 망가진 신경은 이 상황이 얼마나 비이성적인지 알아내지 못했다. 준은 죽었다. 머리로는 알고 있으면서도 이상하게 나영은 준을 생각하고 있었다. 죽은 준이 아니라 살아 있는 준이, 만약에 이 거래를 거절한다면 준이 얼마나 실망하고 서운해 할지를.

나영은 노파와 창고에 갇혔다. 이불로 동여맨 준도 함께였다. 나무토막처럼 놓인 준은 시체라기보다는 나쁜 장난을 당한 사람처럼 보였다. 보쌈을 해서 데려갔다던 신부가 이런 모양일지도 모른다.

노파는 여전히 말이 없다. 무엇을 말하려 시도하는 것 같았으나 알아들을 만한 소리가 되어 나오는 것은 없었다. 늙은 귀는 멀어버린 지 오래였고 눈도 침침해진 모양이다. 바깥에서 잠근 창고 문을 몇 번 당겨보던 노파가 이내 포기한 듯 손을 놓았다. 나영이 아침에 쓰고 두었던 이불을 정리해 그 위에 앉는 게 퍽 익숙해 보였다. 몇 번 뒤척여 자리를 잡은 노파가 나영에게 손짓했다.

"네?"
"……."

나뭇가지 같은 손이 허공에서 몇 번 허우적거리다가 옆자리를 두드렸다. 사양할 수도 있었으나 맨바닥에 앉기엔 보일러가 제대로 돌지 않았다. 나영은 노파의 옆에 엉덩이를 붙이고 앉았다. 세 겹으로 접은 얇은 여름 이불이 그럭저럭 한기를 막아냈다.

보일러도 제대로 돌지 않는 창고에서 하룻밤을 지낸 탓에 몸에 한기가 돌았다. 나영은 느리게 눈을 깜빡였다. 머리 위에서 알전구 하나가 전선에 매달려 느리게 돌고 있었다. 빛이 새어 들어오는 문 바깥에서는 새소리가 들렸다. 바람에 나무가 흔들리는 소리, 그리고 남성이 식사를 차려 먹는지 뭘 꺼내며 부딪치는 소리도.

이상하게 평화로웠다. 어젯밤부터 먹은 게 없건만 배가 고프지도 않았다. 나영은 희끄무레한 빛에 비쳐 보이는 이불 덩어리를, 준을 바라보며 영원을 생각했다. 모든 것에는 끝이 있고 준에게도 그러했지만, 나영은 지금 이 순간이 어쩌면 영원일지도 모른다고 생각했다. 시간의 흐름이 느껴지지 않았다. 어떠한 것도 현실처럼 느껴지지 않았다.

노파가 옆에서 뭐라고 중얼거렸다. 귀가 멀고 쇠약해진 노파의 말은 제대로 알아듣기 어려울뿐더러 완벽한 문장으로 나오지도 않았다. 나영은 팔에 닿는 노파의 미지근한 체온을 느끼며 그가 이 상황을 이해하고 있을지 궁금해했다.

노파의 아들은 노파를 죽이려고 든다. 죽음에 이르는 병을 일부러 옮기게 해서 노인을 부양하는 성가신 일을 그만두고 싶은 것이다. 물론 나영이 보기엔 남성이 노파를 부양하는 게 아니라 그 반대로 보였다. 식사를 준비하고 손님에게 이불을 꺼내주고 자리를 치우는 건 모두 노파가 하지 않았던가.

"괜찮으세요?"

나영은 의미 없이 물었다. 노파는 들은 건지 아닌지 여전히 불확실한 발음으로 웅얼거리고만 있었다. 마른 목덜미가 애처로웠다. 죽이려고 하면 얼마든지 죽일 수 있을 텐데, 굳이 플라스틱병에 감염시켜 죽이려는 이유를 알 수 없을 정도로.

어쩌면 그래도 혈육이니 스스로 일을 치는 게 껄끄러울지도 모른다. 남성에게 그만큼의 양심이 남아 있는지는 알 수 없지만. 나영은 알지 못하고 알 필요도 없는 일이다. 나영은 이불을 싸맨 벨트 주변으로 늘어진 그림자를 바라보며 멍하니 눈을 깜빡였다. 여기까지 뭘 위해서 왔더라. 준은 나에게 뭘 기대했던 걸까. 새삼스럽고 나약한 의문이 머릿속에 잠겼다가 사라졌다.

어쨌든 뭐라도 해야 이 창고에서 빠져나갈 수 있다. 플라스틱병은 감염 경로가 확실하지 않은 전염병이다. 누군가는 타액이 문제라고 했고, 누군가는 접촉이 문제라고 했으며, 누군가는 병균을 옮기는 매개체가 있을 것이라 했다. 준은 세 가지 모두를 연구하면서도 정확한 감염 원인이나 경로를 확신하지 못했다.

어쩌면 이 소각장이 감염 경로인지도 모른다. 아니면 적어도 이 소각장에서 감염 원인이 될 만한 행동을 하거나. 나영은 멍하니 생각을 진전시키며 준을 바라보았다. 준이라면 어떻게 했을까.

문 바깥에서 자물쇠를 여는 소리가 났다. 한 뼘만큼 열린 문틈으로 남성의 얼굴이 나타났다. 나영과 노파와 준을 차례로 훑어본 남성이 혀를 찼다.

"거기서 평생 살 거요?"

뭐라도 좀 하지. 중얼거리는 소리에 짜증이 들어 있었다. 나영은 한 뼘만큼 드러난 얼굴을 바라보다가 물었다.

"저 말고도 이런 일을 한 사람들이 있나요?"

"그건 또 왜."

"익숙해 보여서요."

갑작스럽게 갇혔으나 노파는 당황하는 기색이 없다. 그들을 익숙하게 창고에 밀어 넣고 문을 잠그는 걸 보니 이런 일을 한두 번 해본 것 같지 않다. 남성은 문틈으로 나영을 빤히 들여다보았다. 굳은 얼굴에서 색이 빠져나간 것처럼 보였다. 역광 탓인지 생기가 없어 보이는 눈동자가 나영을 가만히 응시하다가 내뱉었다.

"내일까지 뭐라도 안 하면 다른 소각장을 알아봐야 할 거요."

그리고 문이 텅, 닫혔다. 자물쇠를 다시 잠그는 쇳소리가 부산하게 울리다가 잠잠해졌다. 나영은 눈가를 찌푸렸다가 노파를 바라보았다. 노파는 이런 일이 한두 번이 아닌 것처럼 웅크리고 앉아 쪼그라든 입술을 오물거리고 있었다.

나영 외에도 이 창고에 갇힌 사람들이 있다. 아마도 그 사람들 또한 노파에게 병을 옮기려 했을 것이다. 그런데도 노파는 지금 나영의 곁에 앉아 있다. 전염성이 높은 병인데도 어디 하나 망가진 기미가 없었다.

나영은 양해를 구하고 노파의 손을 살폈다. 마디가 보일 정도로 마르고 주름진 손가락에 검버섯이 피어 있지만, 어디에도 희게 변한 곳이 없다. 신체 말단부터 변이가 진행되기 마련이니 감염이 되었다면 손발부터 변했을 텐데도.

준이 찾던 게 이 사람은 아니었을까. 나영은 노파의 얼굴을 살폈다. 몇 살인지 알 수도 없는 노인이다. 우연의 일치일지도 모른다. 여러 번의 시도에도 전염병에 감염되지 않는 사람, 어쩌면 항체를 가지고 있을지도 모르는 노파. 나영은 노파의 손을 꽉 잡고 물었다.

"어머니, 준이라는 사람 아세요?"

"……."

축 처진 눈꺼풀 아래 흐린 빛의 눈동자가 나영을 올려다보았다. 입이 약간 벌어졌다가, 이내 다시 닫힌다. 중얼거림은 입술 안쪽에 갇혔다. 나영은 노파의 손을 쥔 채 인내심 있게 대답을 기다렸다. 준이 찾던 사람이 이 노파가 맞는다면 준은 어떤 방법으로든 연락했을 것이다. 준이 마지막으로 남긴 게 이 노인일지도 몰랐다.

"준이요. 이준."

"……."

"모르세요? 어떻게 생겼냐면……."

핸드폰은 창고에 갇히며 빼앗겼다. 나영은 반사적으로 주머니를 더듬다가 납작한 윤곽을 만지고 허무해졌다. 어떻게 생겼냐면, 어떻게 생겼냐면……. 빈 주머니를 뒤적거리던 나영의 시선이 준에게 닿았다. 이불에 꽁꽁 싸맨 준의 얼굴에. 살아 있을 때의 얼굴을 완벽하게 보존하고 있는 준의 시신에.

준은 이렇게 될 줄 알고 있었을까? 연인의 시신을 풀어헤치며 나영은 손끝에 식은땀이 배는 걸 느꼈다. 준의 얼굴을 마주 볼 자신이 없었다. 자신이 동여맨 벨트와 얇은 홑이불과 베개를 풀어내며 나영은 이를 악물었다. 이건 준이 아니다. 이건 준이 아니라 몸일 뿐이다. 일을 하며 몇 번이나 되새겼던 말이다. 인간의 몸에는 그의 존엄과 시간과 역사가 새겨져 있지만, 동시에 그것은 그저 몸일 뿐이다. 눈을 감은 이상 이전의 사람과 동일하게 취급할 수는 없다.

그러나 이것을 어떻게 준이 아니라고 할 수 있는가. 나영은 단단한 흰색 피부를 마주하고 말을 잃었다. 아주 희미하게 안쪽의 뼈와 안구가 비쳐 보이는 하얀 피부는 나영의 머릿속에 있는 준과 아주 동일했다. 기분 나쁠 정도로, 아니 그리워질 정도로, 아니…….

"이 사람 아세요?"

생각을 일부러라도 끊어내지 않으면 미쳐버릴 것 같았다. 썩은 내도 없고 부패하지도 않는 연인의 시체를 붙들고 나영은 노파를 바라보았다. 죽음의 냄새는 차라리 노파에게서 더 많이 풍겼다. 웅크린 몸을 힘겹게 끌어 나영의 곁으로 온 노파가 준의 얼굴을 들여다보았다. 준의 얼굴을 보고, 나영을 돌아보고, 준을 다시 보고, 나영을 돌아본다.

나영은 노파가 준을 모른다는 사실을 깨달았다. 사실 아는 게 없다는 게 정상이다. 노파가 준을 알 리 없다. 준이 가리킨 이곳은 그저 흔한 불법 소각장이며, 준은 헛다리를 짚었을 뿐이다. 노파가 감염되지 않은 건 단순히 운이 좋았을 뿐이고.

어쩌면 나영은 헛짓하고 있는지도 모른다. 그 가능성만으로도 손에서 힘이 빠졌다. 스스로 멍청한 짓을 했다는 깨달음보다 준이 헛된 희망에 매달린 채로 죽어버렸다는 사실이 놀라울 정도로 슬펐다.

모든 것이 우연일 가능성과 모든 것이 필연일 가능성 중 어떤 것이 높을까. 나영은 차라리 준이 죽어서 다행이라고 생각했다. 그의 삶을 걸어 알려준 길이 잘못되었다는 사실을 알리고 싶지 않았다. 준에게는 말하지 말아야지, 하고 생각하다가 나영은 그 준이 자신의 눈앞에 있다는 사실을 깨달았다. 이제는 문자를 보낼 사람도 없고 밤늦게 전화를 할 사람도 없다. 바보 같은 소리를 했을 때 장단을 맞춰줄 사람도 없고, 아무렇지도 않게 웃어줄 사람도 더 이상 없다.

준은 영원히 잠들었다. 정교하게 찍어낸 예술품 같은 얼굴을 내려다보며 나영은 폐부를 찌르는 충격을 소화하려고 노력했다. 여기서 무너져서는 안 된다고 생각하면서도 눈물이 쏟아졌다. 무엇을 위한 눈물인지 알 수 없었다. 준을 위해서인지, 나영 자신을 위해서인지, 아니면 그저 감정이 북받치는 것인지.

웅크린 등 위로 마른 손바닥이 얹혔다. 습기라고는 없는 건조한 손이 나영의 날갯죽지를 두어 번 문질렀다. 노파가 어색하게 나영을 위로하다가 주머니에서 뭔가를 꺼내 쥐여주었다. 언제부터 들어 있었는지 알 수 없는 오래된 계피 사탕 한 개를 쥐고 나영은 눈물에 젖은 채 웃음을 터트렸다. 코끝이 얼얼했다. 헐떡이는 숨에 젖은 울음이 묻어나왔다.

이런 게 무슨 소용인가 싶었다. 나영은 이제야 실감이 났다. 준이 죽었다. 준은 죽어버렸다. 나영을 두고 영원히, 먼 곳으로 떠나버렸다. 몇 시에 연락해도 곧바로 돌아오던 대답은 이제 없다. 어느 순간에서도 나영을 최우선으로 두던 그런 사람은, 이제 없다.

어째서 이런 일이 자신에게 벌어졌는지 이해할 수 없었다. 질병이라는 것이 사람을 골라가며 찾아오지 않는다는 걸 안다 해도 비합리적인 원망을 그만둘 수 없었다. 준의 딱딱한 몸을 움켜쥐고, 한때는 부드러웠던 가슴팍에 이마를 묻은 채 한참을 흐느끼고 나서야 나영은 간신히 눈물을 거뒀다. 울 만큼 울었다기보다는 지나치게 눈물을 쏟아낸 탓에 머리가 어지러워서였다. 더 울 만한 힘도 남아 있지 않았다.

"……."

옆자리에 웅크린 노파가 나영의 어깨를 느리게 쓰다듬고 있었다. 상황을 이해하는 건지 모르겠다. 나영은 오랫동안 물속에 잠겼다가 간신히 건져진 사람처럼 호흡했다. 얼굴을 엉망으로 적신 눈물을 닦아내다 말고 나영은 위화감을 느꼈다. 손끝의 감각이 이상하게 무뎠다. 얼었다 녹은 손가락 같은 저릿거림이 손가락을 쥐었고, 희미한 통증이 손바닥과 손목을 긁고 있었다.

문에 붙은 창 바깥에서 비쳐 들어오는 빛이 준의 얼굴에 음영을 던졌다. 나영은 희뿌연 빛에 손가락을 비춰보았다. 손톱 끝이 하얬고, 거기서 번져나가듯 희끄무레한 그림자가 손가락 끝에 물들어 있었다. 봉숭아물을 잘못 물들이거나 너무 오래 물에 들어가 있었던 것처럼 손가락이 희게 변해 있었다.

지친 머리는 깊게 생각하지 못했다. 손을 내려놓으면 준의 가슴팍에 닿았다. 오래 사귄 연인과 같은 끝을 맞을 수 있음이 좋았다. 그렇게 울었는데도 새로운 눈물이 떨어져 준의 몸을 적셨다. 곁에 앉은 노파가 뭐라고 웅얼거리다가 조용해졌다. 노파는 여전히, 몸의 어떤 부분도 감염되지 않은 채였다.

어쩌면 노파가 실마리일지도 모른다. 준도 노파에게 삶을 걸었을 것이다. 그에게 가능성을 맡기고, 나영을 믿었겠지. 나영은 무딘 손가락으로 노파의 주름진 손등을 더듬었다. 노파는 손을 뿌리치지 않았다. 자신이 감염되지 않으리라는 사실을 알고 있는 사람 같았다.

“몇 번이나 이런 일이 있었어요?”

나영이 충동적으로 물었다. 감염병이 돈 지 이제 반년째다. 반년 동안 노파는 몇 번을 갇혔고, 몇 번이나 이 창고에 사람이 갇혔을까. 어떤 사람들이 여기 누웠고, 어떤 시신들이 무게도 없이 놓였다 갔을까.

나영의 질문에도 노파는 느리게 눈을 끔뻑일 뿐이었다. 목소리를 돋워서 되물어보거나 하다못해 들으려는 노력도 하지 않았다. 기력이 쇠한 것 같기도 했고 체념한 것도 같았다. 나영은 감각이 무딘 손가락으로 노파의 손을 꽉 붙들었다. 손바닥에서 약한 뼈와 근육이 움찔거리는 감촉이 느껴졌다.

나영은 이해되지 않았다. 모든 것이. 이 상황이, 그리고 준이. 어째서 이런 일을 해야 하는 건지 알 수 없었고, 자신이 무엇을 할 수 있는지도 몰랐다. 다만 한 가지만은 명확했다.

이 업장을 신고해야 한다. 그러면 모든 게 괜찮아질 것이다. 준이 나영을 믿었으니 나영 또한 준을 믿어야 했다.

♺✳⧗

철문을 성급하게 두드릴 때마다 삐걱거리는 쇳소리가 났다. 문틀에 제대로 맞지 않는 창고 문이 덜컹거리며 애초에 의도했던 것보다 날선 소리가 터졌다. 주먹이 문을 두드릴 때마다 요란한 천둥소리와 함께 문이 흔들렸다. 한참을 두드리고 나서야 철문에 달린 불투명한 창 앞으로 그림자가 졌다. 나영은 그제야 손을 멈췄다. 남성의 그림자가 머리를 긁는 형상이 보였다.

"이게 미쳤나. 뭐요?"

퉁명스러운 목소리. 지금이 몇 시인지는 모르겠으나 자다 깬 모양이었다. 나영이 귀찮게 했는지도 모르지만, 나영은 예의 바르게 마음이 약해지기 전에 애써 태연하게 대꾸했다.

"불렀는데 안 오셨잖아요. 다 했어요."

"뭔, 뭐라고? 뭘 다 해?"

"병 옮겼다고요. 그걸 원하던 거 아니었어요?"

잠시 문 바깥이 조용했다. 지금까지 아무도 성공하지 못했던 전염이다. 하루 만에 나영이 성공했다는 게 진실인지, 아니면 그저 창고 밖으로 나오려는 거짓말인지 갈피를 잡지 못하는 게 느껴졌다. 고요한 의심이 지나가고, 이내 자물쇠를 푸는 소리가 들렸다. 손잡이를 동여맨 사슬이 바닥으로 흘러내리는 소리도. 나영은 긴장하며 몇 걸음 뒤로 물러났다. 등 뒤에는 노파가 숨소리도 거의 없이 웅크리고 있었다. 준을 쌌던 것들로 온몸을 칭칭 감은 채로.

남성이 문을 열었다. 가늘게 째진 시선이 창고 안을 훑었다. 준의 플라스틱 시신은 바닥에 누워 있고, 시신을 싸맨 이불과 베개 따위가 노파에게 온통 휘감겨 있었다. 드러난 피부는 죄다 가려진 탓에 노파가 정말 감염되었는지 확인할 수 없었다. 남성은 혀를 차며 문 안으로 발을 들였다. 나영은 의심도 없이 성큼 들어오는 그에게 자리를 내어주려고 옆으로 몸을 피했다. 창고 안은 밖에서 들어오는 빛을 제외하면 어떤 광원도 없었다. 천장에 매달린 알전구가 느리게 흔들렸다.

"뭐 이렇게 어둡게 해놨어."

남성이 혼잣말처럼 중얼거리며 스위치를 눌렀으나 불이 들어오지 않았다. 몇 번을 딸깍거려도 마찬가지였다. 두어 번 스위치를 확인해보던 남성이 얼굴을 찌푸리며 더 안쪽으로 들어왔다. 누군가 일부러 그런 것처럼 전구가 아슬아슬하게 걸려 있었다. 방 중앙에 달린 알전구를 더듬거려 쥔 채 딱 맞게 돌리자 간신히 창고 안이 환해졌다. 그제야 창고에 누인 시신과 웅크린 노파가 보였다.

그럼에도 노파는 미라처럼 꽁꽁 싸맨 채라 확인할 길이 없다. 얼핏 보면 사람이 든 게 아니라 그저 이불 덩어리로 보일 정도였다. 웅크린 채 중얼거리고는 노파가 상황을 이해한 것 같지도 않았다. 남성이 의심 없이 이불을 헤치고 노파의 손을 쥐었다. 익숙하게 손톱과 손가락을 확인했으나, 병을 옮겼다는 말과는 다르게 노파의 늙은 손가락에는 검버섯이 얼룩덜룩하게 피어 있을지언정 희게 변한 곳이라고는 없었다.

"말이 다르……."

철컹. 남성의 등 뒤에서 문이 닫혔다. 남자가 노파를 살피는 사이 바깥으로 나간 나영이 재빨리 사슬을 손잡이에 휘감았다. 한 박자 늦게 상황을 눈치챈 남성이 문을 붙들고 흔들었다. 뭐라고 욕설을 외치는 소리가 들렸지만 나영은 애써 무시하며 문을 동여맸다. 덜컹거리며 흔들리는 문에 사슬을 꽁꽁 휘감고, 기어이 자물쇠까지 걸고 나서야 나영은 몸을 돌렸다.

노파가 항체를 갖고 있을지도 모른다고, 함께 보건소든 병원이든 가보자고 남성을 설득했어야 했는지도 모른다. 그래야만 사람들을 구할 수 있다고 이야기해도 괜찮았을지도 모르지만, 나영은 그럴 만한 인내심도 선의도 없었다. 제 어미를 병사(病死)로 죽이려는 사내와 더 말을 섞고 싶지도 않았다. 남성이 누워 있던 뜨끈한 방을 뒤져 핸드폰을 찾아내는 와중에도 창고 문이 계속해서 덜컹거렸다.

"이거 열어! 이, 개 같은……."

원색적인 욕설이 노골적으로 쏟아졌다. 머리 안쪽이 지끈거릴 정도로 험악한 욕설을 흘려들으며 나영은 간신히 핸드폰을 찾았다. 지문 인식으로 핸드폰을 열려 했으나 인식이 되지 않는다. 잠깐 당황한 나영이 이번엔 패턴 암호를 풀어보려고 했지만 마찬가지였다. 하얗게 변한 손가락은 무기질적인 소리를 내며 액정에 부딪치기만 할 뿐이었다. 인간의 몸이라기엔 온기도 없고 접촉하는 감각도 없다. 몇 번을 누르다 나영은 손을 틀었다. 아직 플라스틱으로 변하지 않은 손 옆면으로 겨우겨우 패턴을 그리는 도중에 등 뒤에서 유리가 깨지는 소리가 났다.

철문의 불투명한 유리창이 깨져 바닥으로 우수수 떨어졌다. 깨진 유리 사이로 이불을 싸맨 손이 튀어나와 자물쇠를 더듬거린다. 나영은 황급히 전화를 걸었다. 어디에 걸어야 할지도 알 수 없는 탓에 급한 손가락이 119를 눌렀다. 전화가 연결되는 짧은 간격 사이에 급한 숨소리가 몇 번이나 터졌다. 연결음이 끊기는 순간 나영은 인사말을 듣기도 전에 주소를 외쳤다.

"불법 소각장이, 아니, 여기 감염병 항체를 가진 사람이 학대당하고 있어요! 빨리 와서……"

"이 씨발년이!"

하나로 묶은 머리가 잡아 채였다. 균형을 잃고 넘어지는 순간 남자는 나영의 머리채를 쥔 채 창고로 질질 끌고 갔다. 핸드폰은 바닥에 떨어져 부서졌다. 억지로 당기는 손길에 몸이 휘청거렸다. 일어나려고 애를 써도 발이 허공을 찰 뿐이다. 나영은 비명을 지르며 몸을 뒤틀었다. 남성은 나영의 머리채를 쥐고 바닥에 몇 번 내리쳤다. 고통과 함께 눈앞이 이지러지는 충격이 일었다.

남성은 욕설을 중얼중얼 뇌까리며 창고까지 나영을 질질 끌고 갔다. 바닥에 쓸린 몸이 따끔거렸다. 나영은 어디든 몸을 걸어 버티다가 팔을 뻗어 남성의 다리를 붙잡았다. 남성이 잠깐 휘청거리는 틈을 타서 나영이 종아리를 물어뜯었다. 옷 한 장에 감싸인 살점이 앞니 사이에서 씹혔다. 남성이 비명을 질렀다. 반사적으로 걷어차는 발길에 나영이 나동그라졌다. 남성의 바지에 핏물이 비쳤다.

"이게 미쳤나, 진짜……!"

나영은 짐승처럼 눈을 빛내며 남성을 노려보았다. 뭐라도 무기가 될 만한 것을 찾았으나 손에 쥘 것이 없다. 이를 악물고 남성을 노려보다가 문득 나영은 웃음을 터트렸다. 신경질적으로 터지는 웃음소리가 거슬리는지 남성이 얼굴을 찡그렸다. 진짜 미친 건가, 순간적으로 시선이 분노를 잃는 게 보였다. 나영은 비죽비죽 웃으며 남성의 다리를 가리켰다.

"당신도 이제 변할 거야."

가리키는 손가락이 희게 변해 있었다. 손가락 두 번째

마디까지 올라온 희끄무레한 변이는 모른 척할 수 없다. 남성의 시선이 나영의 손가락에 닿았다가 자신의 다리에 닿았다. 나영은 남성을 비웃었다. 감염의 원인도 경로도 알 수 없는 병이라지만 이 정도로 물었다면 확실히 감염되지 않았겠느냐며.

"당신이 살아나려면 협조해야 해. 저 할머니가 당신 생명줄이라고."

"이, 씨팔……."

"할머니한테 항체가 있을 거야. 그걸 추출하면 살 수 있어."

남성의 얼굴에 온갖 표정이 떠올랐다가 사라지길 반복했다. 늙은 어머니를 모시고 사는 게 귀찮아 죽이려고 했던 것이, 이제는 자신을 구제할 유일한 길이 되었다. 분노와 모멸과 두려움, 그리고 나영으로서는 원인도 알 수 없는 수많은 감정이 뒤섞여 떠올랐다가 곧바로 다른 것에 자리를 내주고 사라졌다.

나영은 계속해서 웃었다. 눈물이 자꾸만 흘러내렸으나 이유를 알지 못했다. 아주 느리게, 그러나 눈에 보일 정도의 속도로 손끝이 천천히 희게 변했다. 플라스틱으로 변한 자리와 아직은 인간으로 남은 피부 사이가 타는 듯이 아팠다. 준도 이런 고통을 겪었을 것이다. 준 또한 굳어버린 손가락으로 핸드폰을 누르며, 열리지도 않는 화면에 뜬 나영의 이름을 보며 연인을 생각했을 것이다.

남성은 손을 치켜들고 나영에게 다가왔다. 나영은 눈을 깜빡여 눈물을 털어냈다. 뺨을 타고 흐르는 눈물이 턱끝으로 떨어지기 전, 불시에 국부를 걷어차자 남성의 몸이 고꾸라졌다. 비명도 되지 못한 고통스러운 신음을 들으며 나영은 창고로 들어갔다.

숨을 죽이고 앉은 노파의 곁에 준이 있었다. 그제야 준이, 거대한 플라스틱 덩어리가 아니라 준의 시신처럼 느껴졌다. 썩지도 무르지도 않는 시신을, 차갑고 단단한 몸을 끌어안은 채 나영은 계속해서 웃었다. 눈앞이 어지러웠다. 준의 시신을 끌어안은 손이 점차 희게 물들고 있었다.

이대로 눈을 감으면 나영은 준과 한 덩어리로 뭉칠 것

이다. 가공하지 않는 이상 나영의 품에서 준을 떼어낼 방법은 없을 것이다. 나영과 준은 태우지도 못하고 묻지도 못하는, 썩지 않는 연인으로 영원히 하나가 될 것이다. 눈물조차 흘리지 않는 불멸에서, 그들은 함께할 것이다. 영원히, 누군가가 그들을 태워버리기 전까지는…….

아주 멀리서 사이렌 소리가 들리는 것 같았다. 고통과 무감각을 함께 느끼며 나영은 눈을 감았다. 끌어안은 차가운 플라스틱 시신이 어쩐지 따뜻하게 느껴졌다. 불길이 몸을 태운다. 고통이 지나간 자리에는 고통도 슬픔도 남아 있지 않았다.

몇 분 뒤, 구급대원들이 도착했을 때 남아 있는 건 고통에 쓰러진 남성 한 명과 상황을 이해하지 못한 노파, 그리고 한 쌍의 플라스틱 시체뿐이었다. 상황을 신고한 사람조차 보이지 않는 까닭에 대원들은 일단 두 명을 이송해 입원시켰다. 노파의 영양실조와 타박상을 치료하는 과정에서 정말로 플라스틱병에 대한 항체가 발견된 건, 그로부터 몇 주 후였다.

02
악취

그래도 이런 일은 장남이 챙겨야지. 누구에게서 나왔는지 모를 말에 남편에게로 시선이 쏠렸다. 몇몇은 그 옆에 앉은 수진에게 시선을 주었다. 창백하게 앉아 있는 맏며느리의 얼굴과 큰 결심이라도 한 것처럼 단단한 표정을 한 장남의 얼굴이 조명 아래에서 유독 희게 떴다.

형님은 괜찮으시겠어요? 이번 질문도 누가 했는지 모르겠다. 수진은 사람들 사이로 시선을 옮겼다가 한쪽에 곱게 누운 시체를 바라보았다. 오동나무로 짠 관과 삼베로 지은 수의를 입힌, 하얗고 불투명한 시신. 자는 듯이 가신 덕에 시어머니의 시신은 무척이나 깨끗했다. 인터넷에서 주워들은 대로 뜨거운 물을 써서 몸을 정돈하고 새 옷을 입히는 과정 내내 며느리와 딸들이 만져댄 몸이다.

죽음의 흔적은 보이지 않았다. 시어머니의 모양으로 잘 빚어 만든 인형 같았지만, 동시에 소름끼칠 정도로 생전 모습과 똑같은 시체였다. 시체를 어떻게 하겠다고, 이걸……. 수진의 침묵을 대신하듯이 남편이 입을 열었다.

"일단 우리 집에 모시고, 방법이 생기면 장례를 마저 치르지."

그게 좋겠다, 그러기로 해요, 큰 결심했네……. 달래는 건지 약 올리는 건지 모를 말이 어깨를 툭툭 두드리고 사라졌다. 수진은 그들의 얼굴에서 안도를 읽었다. 폭탄이 자신에게 돌아가지 않았다는 안도, 어쨌든 남에게 떠넘겼으니 신경에서 잘라내도 될 만한 일이라는 안도……. 수진은 관 뚜껑을 닫는 모양을 바라보다가 불쑥 물었다.

"저게 트렁크에 들어갈까요?"

잠깐 당황스러운 시선이 수진에게 쏠렸다. 불경한 말이라도 했다는 투였다. 얼굴에 지내온 시간만큼의 주름살이 진 어른들이 어떻게 고인을 트렁크에 넣느냐는 표정을 지었다가 말을 삼켰다. 트렁크가 아니면 어디에 넣는단 말인가. 중형차도 아니니 뒷좌석을 눕히고 관을 실을 수도 없다. 그렇다고 해서 장례업체에서나 쓰는 운구차를 빌려올 수도 없다. 아니, 빌릴 수야 있겠지만 어디서, 얼마나 돈을 주고, 어떻게 빌려 올 것인가.

관과 수의는 어떻게든 마련했지만 옮기는 게 문제일 줄은 누구도 몰랐다. 이 집에 그대로 두자니 사람이 살지도 않는 오래된 주공아파트를 놀릴 수 없는 노릇이다. 적어도 세를 놓거나 매매를 해야 그나마 유산 같지도 않은 유산을 다섯 형제가 나눠 가질 터였다.

그러려면 일단 시신을 처리해야 하는데, 플라스틱병에 걸린 시체는 어디에서도 받아주지 않았다. 장례식장에서는 물론이고 개인적으로 화장할 수도 없으며 매장도 불가능했다. 썩지 않으며, 태울 때 유독가스가 발생하고 오래 두어도 변형되지 않는 시신.

국가에서는 항체를 개발해 보급했으나, 정작 시신을 처리하는 방법에 대해서는 해결책이 마땅치 않았다. 한때 시신을 행정복지센터에 가져다주면 처리해주겠다는 방책도 나왔지만, 그 '처리'라는 것이 병뚜껑과 페트병에 섞어 재활용해버리는 방법이라는 게 알려지자 누구도 시신을 맡기지 않았다.

시어머니의 시신을 행정복지센터에 맡기자는 말은 누구도 하지 않았다. 그게 가장 간단한 방법인데도. 아들들과 사위가 관을 옮기려다 말고 멈칫거렸다. 핸드폰을 뒤적거리던 둘째가 간신히 해결책을 찾아냈다.

"용달 부를게."

"지금 시간에?"

"아는 사람이 있긴 한데……. 일단 연락은 해볼게."

전화 몇 통과 달래는 몇 번의 말이 오가고 나서야 파란색 용달 트럭이 집 앞에 도착했다. 그나마도 빽빽하게 주차해둔 차들을 뚫고 기어들어 오느라 기사가 난색을 표했다.

관 하나만 옮기면 됩니다, 나머지는 나중에 처분할 거니까……. 맏이인 남편이 값을 치르는 동안 수진은 트럭에 실린 관을 내려다보았다. 두꺼운 줄로 고정해둔 관 안에 썩는 냄새도 없고 특유의 서늘함도 없는 몸이 들어 있다.

뚜껑을 열면 시어머니가 자는 듯이 죽어 있을 것이다. 반투명하게 흰 피부는 낯선 질감이겠지. 싣는 과정에서 어디에 긁혔는지 관에 흠집이 나 있었다. 수진은 관 가장자리에 일어난 나무 부스러기를 떼어내고 남편과 나란히 승용차에 탔다. '잘 들어가시라'고 인사를 건네고 차를 움직이자 뒤에서 트럭이 따라오기 시작했다. 백미러에 자꾸만 트럭의 전조등이 비쳤다.

"어머님을 어디에 두려고?"

남편은 대답이 없다. 신경이 곤두선 건지 반대인지도 알 수가 없었다. 수진은 피로한 눈가를 문지르며 다시 물었다.

"창고에 둘 수는 없잖아."

"어머니를 어떻게 창고에 둬!"

예고도 없이 고성이 버럭 터졌다. 수진은 분노를 익숙하게 무시하며 괜히 핸드폰만 만지작거렸다. 매끈한 몸체는 옛날 것과 달리 손에 걸리는 부분이 없다. 손가락에서 미끄러질까봐 자꾸만 힘을 주게 된다.

"그럼 거실에 두려고?"

"……."

"집에 베란다도 없잖아."

몇 년 전 확장 공사를 해버린 탓에 시어머니를 마땅히 둘 데가 없었다. 가족들 앞에서는 호기롭게 그러마 하고 노인의 시체를 떠안은 남자는 제 아내와 단둘이 되자 입을 닫았다. 그의 이마에 주름이 깊게 파여 있었다. 그러거나 말거나 수진은 계속해서 물었다.

"거실에 둘 거야?"

"……."

"애 방에 두자는 말은 하지도 마."

그들 사이에 하나 있는 딸은 이제 고등학교에 올라갔다. 안 그래도 예민할 시기에 시체와 같은 방에서 생활하라는 건 생각도 할 수 없는 일이다.

수진이 자꾸만 묻는데도 남편은 아무 말이 없었다. 뭘 생각하는 건지, 그저 이 불편한 상황을 벗어나고 싶은 건지, 자꾸만 계기판에 표시된 속도가 올라갔다. 신호에 걸린 뒤에야 간신히 차가 속도를 줄였다.

"어디든 두면 되지."

"그러니까, 어디."

또 대답이 없다. 수진은 속이 뒤틀리는 것 같았다. 남편이 좋은 사람인 척 곤란한 일을 떠맡는 게 한두 번이 아니었지만, 이번 경우는 정말이지 끔찍했다. 아무리 썩지 않는다지만 시체와 어떻게 한 집에서 지내란 말인가.

"안방에 둘 건 아니지?"

거실도, 아이 방도, 창고도 아니라면 화장실 아니면 안방인데, 물기 있는 화장실에 나무 관을 두는 건 예정된 재앙이었으니 안방으로 좁혀진다. 남편은 입을 다물었다. 무슨 대비책이라도 있는 줄 알았더니 그냥 집에 두고 방치할 생각인 모양이다. 수진이 한숨을 내쉬자 남편이 목에 핏대를 세웠다.

"왜 이렇게 시끄럽게 굴어!"

냅다 쏟아지는 비난에 수진이 잠시 얼이 빠졌다가 질세라 소리를 키웠다.

"상의도 없이 어머님 시체를 가져와서 뭐 어쩌자는 거야!"

"시체라니, 당신 말 똑바로 해!"

"그럼 저게 시체지, 사람이야!"

본격적으로 싸움이 시작되려는 찰나 뒤에서 경적 소리가 울렸다. 신호가 녹색 불로 바뀌어 있었다. 다시금 소리를 치려다 말고 남편이 한숨을 푹푹 쉬며 차를 출발시켰다. 수진은 지끈거리는 이마를 문질렀다.

"적어도 나랑 얘기는 할 수 있었잖아. 아니면 잠시라도 어머님 댁에 뒀다가 처우를 정하든가……."

"그럼 그 자리에서 안 된다고 하란 말이야?"

"당신은 늘 그래. 정말이지, 체면이 뭐가 그렇게 중요하다고 단박에 정해버려?"

남편이 다시금 입을 다물었다. 불쾌하다는 기색이 역력했으나 더 이상 소리를 지르지는 않았다. 수진의 말에 납득한 건지, 아니면 또다시 고집을 부리고 있는 건지 알 수 없다. 수진은 자신의 남편을 이해하려는 노력을 진작 버렸다.

등 뒤에서는 용달 트럭이 여전히 덜컹거리며 따라오고 있다. 남편이 집에 들이기로 결정한 시체가 집까지 들어올 것이다.

집 앞까지 도착한 이상 더 어떻게 할 수도 없다. 남편과 운전기사와 수진까지 힘을 합쳐 관을 집 안으로 들였다. 엘리베이터가 충분히 넓지 않은 탓에 관을 비스듬하게 세워야 했다. 남편은 그것조차 만족스럽지 않은지 뭐라고 투덜거렸지만 관을 집으로 들이려면 그 방법밖에 없었다. 현관문이 열리고 관을 집어넣는 과정에서 모서리가 문틀에 부딪쳐 심상찮은 소리가 났다. 나무판 아래쪽이 갈라지며 수의로 싸맨 시체가 와르르 떨어졌다.

"…… 엄마?"

시끄러운 소리에 딸이 나오다 말고 멈춰 섰다. 현관에 나뒹구는 하얀 시체가 이질적이다. 가족 모두 백신을 맞았던 게 그나마 다행이었다. 플라스틱 덩어리를 마주해도 두려울 이유가 없었다. 다만 운전기사는 얼굴을 약간 굳혔지만, 그래도 목장갑을 낀 손으로 어떻게든 관과 시신을 수습해 실내로 밀어 넣어주었다.

"관은 고쳐 쓸 거 아니시면 분리배출 하셔야 해요."

의미 없는 충고였다. 시신도 분리배출 못 하는 마당에 관은 할 수 있다는 게 어쩐지 우스웠다. 수진은 딸을 방으로 밀어 넣고 문을 닫았다. 남편이 관을 고쳐보려고 애쓰는 게 애처롭고 같잖았다. 운전기사에게 음료수를 하나 건네주고는 현관문을 닫자 남편이 사나운 눈을 치켜떴다.

"그냥 보냈어?"
"그럼 뭘 더 하게?"
"고쳐달라고 해야지!"

운전기사의 일은 그게 아니다. 집 안까지 운반을 도와준 것만 해도 과한 친절이었다. 수진은 남편의 분노를 무시하고는 수의로 싼 몸을 끌어당겼다. 묵직했지만, 인간의 몸보다는 가벼운 플라스틱 시체가 바닥을 긁으며 딸려 왔다. 남편이 기함하며 시어머니의 발치를 들었다.

"당신, 지금 뭐 하는 거야!"

"일단 빨리 옮겨야지."

남편의 태도가 어처구니가 없다. 시어머니가 살아 있을 때도 그는 효자가 아니었다. 부모를 챙기는 일은 죄다 수진이 도맡아 했고, 남편은 그 사이에서 거드름이나 좀 피우는 정도였다.

위선적이다. 그리 생각하면서도 수진은 남편과 함께 시어머니의 몸을 옮겼다. 망가진 관은 어쩔 수 없는 일이다. 얼마나 부서졌는지 확인하기보다는 일단 현관에 나와 있는 시체를 밀어 넣는 게 중요했다.

안방 침대와 옷장 사이에 약간의 공간이 있다. 시체를 위해 준비된 것 같은 자리였다. 딱 한 명만큼의 빈 자리에 시어머니가 들어갔다. 아담한 편이었던 시어머니의 머리 위로 공간이 남았다. 수진이 시체를 밀어 머리를 벽에 닿게 하자 남편이 아무 말 없이 발목을 당겨 공간을 조금 만들었다. 조금 있으면 베개라도 괴어줄 사람이라고 생각하며, 수진은 그제서야 딸의 방문을 열었다. 잠옷 차림의 딸이 침대에 웅크려 앉아 있다가 수진을 보자마자 일어나 다가왔다.

"엄마, 저거 뭐야?"

할머니야. 우리 집에서 지내시기로 했어……. 그런 바보 같은 대답을 삼키고 수진은 어른으로 할 수 있는 가장 편하고 비겁한 회피를 택했다.

"넌 신경 안 써도 돼. 어서 자, 내일 학교 가잖아."
"시체를 왜 집으로 가져와?"

당연하지만, 고등학생이면 아무것도 모르는 나이는 아니다. 누구의 시체인지는 다행히도 못 본 것 같지만, 언뜻 드러난 수의와 희끄무레한 몸 일부만으로도 시체라는 정도는 쉽게 알 수 있었을 것이다. 수진은 순수한 불쾌감으로 얼굴을 찡그린 딸을 타일러 앉혔다.

"둘 데가 없어서 그래. 신경 쓰지 말고 자."

"어떻게 신경을 안 써?"

"말대꾸하지, 응? 빨리 누워."

아이의 투정을 받아줄 여유가 없었다. 시댁에서부터 줄곧 시달려온 것으로도 인내심이 닳아버리기에 충분했다. 거의 윽박지르듯 속삭이자 딸이 반항심 어린 표정으로 수진을 바라보았다. 수진은 짜증을 눌러 참으며 침대를 가리켰다.

"어서."

"……."

딸이 불만스럽게 투덜거리며 침대로 기어들어가 누웠다. 수진은 이불을 고쳐 덮어주고는 그제야 숨을 돌렸다.

온종일 신경을 너무 썼더니 머리가 다 아팠다. 이불 아래 누운 딸의 배를 천천히 토닥여주고 있자니 마음이 느리게 가라앉았다. 어둠 속에서 딸이 수진을 가만히 보고 있었지만, 수진은 일부러 눈치채지 못한 척 손만 느리게 움직였다.

이 방 바깥에는 남편과 시체가 있다. 갑작스럽게 문을 부수고 들어오는 것들. 시체와, 폭력과, 고함과…….

"엄마."

딸의 손이 수진의 손가락에 닿았다. 손가락 한 마디를 겨우 잡았을 때가 엊그제 같은데, 이제 딸의 손은 수진의 것보다도 커졌다. 투명한 매니큐어를 바른 손끝이 수진의 손등을 문지른다.

"괜찮아?"
"……."

잠시 대답하지 못했다가, 수진은 조금 웃었다.

"엄마 걱정을 다 하고, 다 컸어."

"아니, 엄마 지금 이상하니까……."

"잠이나 자. 지각하면 안 깨워줄 거야."

으름장처럼 말해도 내일 아침이 되면 눈도 못 뜨는 아이를 깨워다 식탁에 앉혀두고 타일러 한 술이라도 뜨게 할 것이다. 딸도 그 사실을 알 테지만 수진의 뜻을 따라 순순히 조용해졌다. 어둠 속에서 흐리게 보이는 윤곽을 시선으로 더듬으며 수진은 숨소리가 고르게 변할 때까지 기다렸다. 수많은 생각이 피어올랐다가, 이내 존재하지 않았던 것처럼 흔적조차 찾지 못하게 어둠에 녹아버렸다. 딸이 잠들었다고 여겨질 만큼 충분한 시간이 흐른 뒤에야 수진이 자리에서 일어섰다.

남편이 거실 소파에 이불을 깔고 있었다. 수진은 아직도 검은 상복 그대로인데, 그는 어느새 씻고 옷을 갈아입은 채였다. 이마에 축 늘어진 젖은 앞머리가 이상하게 거슬렸다.

"뭐 해?"

딸이 묻던 것과 비슷한 목소리로 수진이 뱉었다. 돌아오는 대답이 없다. 가죽 소파에 깔개를 깔고 그 위에 두꺼운 이불을 올리는 소리만 이어졌다. 수진이 깨끗하게 빨아서 얼마 전 바꾼 겨울 이불이 바스락거리는 소리를 냈다. 남편이 베개까지 가져와 소파 한편에 두었다. 수진은 그 꼴을 보다가, 딸이 깨지 않게 조용히 다시 물었다.

"뭐 하냐니까."

남편이 수진을 힐끗 돌아보았다. 그런 걸 지금 말해야 알겠냐는 것처럼 한심하다는 시선이었다.

"그럼 저 안에서 자라고?"

저 안, 이라고 가리킨 건 시체가 있는 안방이다. 두 사람이 늘 같이 자던 침대가 놓인 방이고, 이불을 함께 쓰던 방이다. 또한 시어머니가 죽어 누워 있는 방이다. 아무리 냄새가 나지 않는다지만 꺼려질 수밖에 없다. 그건 이해했다. 이해했지만……. 수진은 잠시 말문이 막혀 남편을 바라보다가 물었다.

"나는?"

남편이 소파에 만든 잠자리는 한 사람 분량이다. 애초에 소파가 좁아 한 명밖에 누울 수 없었다. 남편은 수진이 한 번도 들어보지 못한 단어를 발음한 것처럼 굴었다. 잠시 수진을 낯설게 바라보던 남편이 거꾸로 물었다.

"당신이 뭐?"

뭐냐니. 지금 당신은 당신 어머니가 무섭다고 혼자 도망쳐서 잘 자리를 만든 거잖아. 나를 저 안에 던져버리고서는……. 사실 저 시체를 챙겨야 하는 건 당신인데도. 혀끝까지 밀려 나온 수많은 말을 삼키고, 수진은 인간적인 질문을 던졌다.

“나는 어디서 자?”

그제야 남편이 당황한 시선으로 수진을 바라보았다. 거의 배신당한 시선이었다. 무엇에 배신당했는지, 어떤 예상이 깨져서 그런 눈을 하는 건지 수진으로서는 도무지 알 수가 없었다. 남편이 말문이 막혀 수진을 바라보다가 건성으로 턱짓했다.

“딸애 방에서 자든가. 침대가 있으니까…….”
“싱글인 거 알면서 그런 소릴 한다.”
“그럼 나더러 어쩌라고?”

무책임한 질문. 이걸 질문이라고 할 수 있는지도 모르겠다. 사람으로서 할 수 있는 배려를 좀 해달라는 게 그렇게 어려운 일인가. 수진이 숨이 턱 막혀 서 있자 남편은 잠시 그를 빤히 바라보다가 소파에 누웠다. 깔끔하고 건조한 이부자리가 누구의 노력으로 만들어졌는지 물으면, 남편은 분명 이불을 가져다 소파에 깐 자신의 노력이라고 답할 것이다.

수진은 한참이나 멍하니 자리에 서 있었다. 머리를 얻어맞은 것 같았다. 조금 전 싸웠다고 이러는 건가, 싶다가도 그게 일상적인 대화와 다를 게 없었다는 사실이 떠올라 당황으로 입이 굳었다. 더 이상 뭘 물어봐야 하는지도 모르겠고, 뭘 따져야 하는지도 모르겠다.

수진은 한참이나 서 있다가 안방으로 들어갔다. 침대 옆에 희끄무레한 물체가 누워 있는 게 느슨한 어둠 속에서도 선명하게 보였다. 두려움이라기에는 조금 더, 근원적인 거부감이, 어쩌면 끔찍하다고 해도 좋을 정도로 꺼림칙한 역겨움이 목구멍을 태웠다.

여분의 이불이 들어 있는 옷장을 열기 위해서는 시체를 넘어가야 했다. 거부감과 필요성이 격렬하게 뒤엉키다가 텅 빈 침대를 보는 순간 후자가 승리했다. 남편은 옷장을 여는 것조차 할 수 없어서 침대에서 이불을 걷어 가버린 것이다. 맨바닥에 이불을 깔고 자든지, 아니면 이 침대에서 눈 딱 감고 자든지 어느 쪽이건 시체를 넘어야 했다.

죽은 시어머니를 넘어 옷장을 여는 행위는 그 동작의 단순함에 비해 놀라울 정도로 불경하게 느껴졌다. 수진은 최대한 아래쪽을 보지 않으려고 노력하며 옷장을 열었다. 이불이 가득 박혀 있는 옷장 아래 칸에서 제일 두꺼운 이불을 끌어당겼지만 제대로 나오질 않았다. 끙끙거리며 당기다가 수진은 시어머니를 밟을 뻔하고서야 포기하고 위쪽에 박힌 담요를 끌어당겼다. 그나마 이건 옷장에서 쉽게 빠져나왔다.

수진은 한숨을 삼키고 담요를 가지고 거실로 나왔다. 어느새 불을 껐는지 거실이 어두웠다. 빠르게 잠든 남편의 숨소리가 희미하게 들렸다. 그래, 이 사람은 내일 출근하니까. 일찍 일어나야 하니까 일찍 자야 하지…….

그런 생각으로 스스로를 타일러봐도 짜증이 울컥 솟는 건 어쩔 수가 없었다. 수진은 어둠 속을 노려보다가 소파 옆 바닥에 담요를 깔고 누웠다. 시취가 나지 않고 썩지도 않는다지만, 아무래도 시체와 같은 방에서 잠드는 건 생리적으로 꺼려졌다. 얇은 담요 한 장 너머로 딱딱한 바닥이 어깨와 등에 배겼다.

"……."

어쩔 수 없는 선택이라지만 부드러운 매트리스보다야 맨바닥이 훨씬 불편하다. 수진이 몇 번 뒤척거리는 소리를 내자 소파 위쪽에서 숨소리가 뚝 끊겼다. 잠에서 깼나, 싶어서 수진이 조금 숨을 죽였다가, 편한 자세를 찾아 꿈지럭거렸다. 조용한 어둠 속에서 남편의 희미한 중얼거림이 들렸다.

"…… 쯧 ……."

당장 깨워서 뺨이라도 후려칠까 싶었다. 수진은 어둠 속에서 희미하게 보이는 소파를 노려보다가 자리에서 일어났다. 담요를 어깨에 두른 채 일어나 전기 포트에 물을 끓이자 남편이 일부러인지 한숨을 크게 쉬며 뒤척거렸다. 알게 뭐람. 수진은 밤중에 남편을 쥐어박지 않는 스스로를 칭찬하며 찬장을 뒤져 티백을 꺼냈다. 언젠가 선물로 받았던 차 세트 가운데 아무거나 손에 잡히는 걸 꺼내 컵에 넣고 물을 붓는다. 뭔지도 모르는 좋은 냄새가 퍼졌다.

예쁜 찻잔도 커피 잔도 없지만 커다란 머그컵은 있다. 언젠가 딸이 현장 학습에 갔다가 만들어온 조악한 도자기 컵이다. 입술에 닿는 부분이 거칠었지만, 그 정도는 감당할 만했다. 안방에 누운 시체보다 감당하지 못할 것은 없었다.

수진은 불도 켜지 않은 채 부엌 식탁에 앉아 담요로 스스로를 동여매었다. 어깨를 단단하게 끌어안듯이 담요를 바짝 당겨 겨드랑이에 끼운 채 뜨거운 머그컵을 들고 있자니 이상할 정도로 모든 게 현실과 유리된 것 같았다. 딸이 잠든 방도, 남편의 언짢은 숨소리도, 닫힌 문 안쪽의 조용한 누군가조차도. 가로등이 나란히 늘어선 길에서 몇 겹으로 겹쳐진 그림자처럼, 수십 번 겹쳐둔 거짓말처럼 느껴졌다.

아침이 되면 누군가가 이 꿈에서 나를 깨워줄지도 모른다. 그런 생각을 하며 수진은 머그컵을 붙들고 가만히 기다렸다. 거실이 파랗게 물들고 싱크대가 햇빛을 반사하고 하늘이 환하게 밝아올 때까지.

♻✳⧗

이틀이 지났다. 수진은 남편이 출근하고 난 뒤 빈 소파에서 잠을 잤다. 남편은 일어나자마자 이불을 완전히 개어 두고 가버려서 수진이 자기 위해서는 이불과 담요를 다 펴고 누워야 했다. 곱게 정리된 이불을 자기 위해 소파에 맞춰 깔며 수진은 근원을 알 수 없는 모멸감을 느꼈다. 타인을 위해 마련된 것을 훔쳐 쓰는 듯한 감각이었다.

[새언니, 엄마가 다녔던 절에서 사십구재(四十九齋)를 지내준다고 하네요. 시간 되면 가서 참여해줘요.]

말로는 '시간 되면 참여해줘요'라지만 시간을 내서라도 참여하라는 말이나 다름없다. 수진은 한숨을 삼켰다. 집에 시체를 들인 지 이제 이틀이 지났고 사흘째 낮이 지나고 있었다. 길지 않은 시간인데도 신경 줄이 닳아드는 것 같았다. 깎여나간 인내심만큼 기력을 끌어다 쓰며 수진이 차분하게 물었다.

"49일째에 하는 거예요?"

[응? 아, 새언니 무교였지.]

말투에 미묘한 당황이 섞여 있다. 예민해진 수진으로서는 그것조차도 짜증스럽게 느껴졌다. 다 같이 공유하는 종교에 한 발짝 벗어난 사람을 마주한 사람의 안일한 당황, 종교를 상식이라고 믿는 사람이 상식이 통하지 않는 사람을 마주한 듯한 놀라움이. 물론 남편의 동생은, 아가씨는 그런 생각까지는 하지 않았겠으나 수진은 인내심이 닳아 있었다.

"아니에요?"

[7일마다 한 번씩 해요. 총 일곱 번.]

"……."

수진은 날짜를 계산해보았다. 돌아오는 화요일이 첫 사십구재였고, 그 후로 적어도 두 달은 매주 화요일마다 시간을 내야 한다는 소리였다. 미묘한 거부감이 올라오는 건 둘째 치고, 솔직히 귀찮았다. 묻지도 못하고 태워버리지도 못하는 몸뚱이라 장례도 완전히 치르지 못했는데 사십구재는 치른다고.

[엄마 데리고 가면 더 좋을 것 같은데.]

"네?"

저걸요? 질문이 튀어나오려다 간신히 멈췄다. 수진의 기막힌 심정을 아는지 모르는지 아가씨가 계속해서 떠들었다. 솔직히 자기 일이 아니라고 쉽게 말하는 것처럼 느껴질 정도였다.

[이미 묻어버렸으면 몰라도 본인이 있는데 안 데려가는 것도 이상하잖아요.]

"본인이라고 할 수 없는 거 아닐까요."

죽은 몸뚱이와 같은 집에서 지내는 것조차도 무서운데, 저걸 이고 지고 절까지 가라고. 죽은 사람의 몸을 고인 자신이라고 여길 수 있는지도 불투명하다.

수진은 영혼이나 윤회 같은 게 있다고는 믿지 않았지만, 그렇다고 해서 죽은 뒤에 아무것도 없다고는 생각하지 않았다. 어쨌든 저 속에 있는 게 떠나갔으니 텅 빈 몸뚱이가 된 게 아니겠는가. 사람이 썩어버리고 끝난다면 너무 허무하지 않을까.

그러니까 저 몸을 시어머니처럼 대할 이유도 없지 않을까. 그러나 아가씨는 딱히 그런 생각도 없고, 그렇다고 해서 불교적인 윤회사상을 믿는 것 같지도 않았다. 그저 몸에 익은 종교의 습성을 따르는 모양이다.

[언니는 가끔 보면 진짜 말 무섭게 한다니까. 너무 힘들면 가서 절에 맡길 수 있는지도 물어봐요.]

"맡아줄지 모르겠네요. 상태가 그래서."

[물어보는 데는 돈 안 들잖아요. 관 옮기는 게 힘들면 전에 불렀던 용달업체 번호 알려줄게요.]

그러고 보니 관이 부서졌던 일은 아무에게도 알려지지 않은 모양이었다. 남편에게 관 수리를 맡겼지만, 그는 공구가 없다. 이런 건 전문가가 해야 한다며 차일피일 미루고 있었다. 현관 한쪽에 어정쩡하게 세워진 관도 꽤나 자리를 차지하고 있다.

그걸 고쳐서 싣고 가는 게 나을지, 아니면 관을 새로 짜는 게 나을지 저울질해보다가 수진은 문득 용달을 부르는 데 쓰인 금액을 떠올렸다. 엄청나게 대단한 가격은 아니었으나 짐을 가득 싣는 것도 아니고 관 하나 옮기는 일에 쓰기는 아까운 돈이다. 고작 플라스틱 한 덩이 아니던가. 시체이기는 하다만, 그렇게 무거운 것도 아니고…….

"절 주소만 알려주세요."

7일째까지는 아직 시간이 있다. 남편과 함께 옮기면 차에 실어 옮겨도 충분할 것이다. 굳이 관을 해서 옮기기보다는 단단한 몸뚱이를 뒷좌석에라도 실으면 괜찮지 않을까. 관이 없고 노인은 몸이 작으니 트렁크에 넣으면…….

물론 남편을 설득해야겠지만, 트렁크에도 충분히 실릴 만한 크기다.

메신저로 도착한 주소는 차를 타고 한 시간 정도 가야 하는 근교의 산속이었다. 노인이 여기까지 혼자 오갔다는 게 대단해 묻자, 절에서 댁까지 곧장 가는 버스를 두 시간씩 타고 매주 다녔다는 모양이다. 대단하다고밖에 할 수 없었다.

한편 플라스틱병을 옮아온 게 분명 이 절일 거라는 생각이 들자 시어머니의 삶에서 종교라는 게 도대체 어떤 의미였을지는 차치하고서라도 어쩐지 마음이 서늘해졌다. 안쓰러워지기라도 했던 모양이다. 수진은 메신저를 내려다보다가 대충 귀여운 이모티콘을 보내 아가씨와의 대화를 정리했다.

저녁에 돌아온 남편은 사십구재를 지내야 한다는 말에 뭐라고 표현하기 힘든 표정을 지었다. 수진이 영 엉뚱한 소리를 했다는 듯 잠시 빤히 바라보던 남편이 웃음을 섞어 대꾸했다.

“굳이 그럴 필요까지야 있나? 어머니가 열심히 다니신 건 알지만…….”

“일부러 해준다는 데 거절하는 것도 그렇잖아. 첫 번째만이라도 같이 가줘요.”

남편은 으음, 하고 불확실한 신음 소리만 낼 뿐 답이 없었다. 수진은 한숨을 삼켰다. 순순히 같이 가줄 거라는 기대는 하지도 않았다. 자기 어머니 생전에도 그렇게 챙기질 않더니 죽어서도 안 챙길 줄은 몰랐다. 차라리 한결같아서 좋다고 말해야 하는 걸까.

“다음 주 화요일이니까 휴가 좀 내, 반차도 좋고.”

“화요일?”

응, 하니까 남편의 얼굴이 조금 밝아졌다. 수진이 보는 앞에서 남편은 표정을 갈무리할 생각도 않고 태연하게 고개를 흔들었다.

"그날, 출장 가."

"어디로?"

"제주도."

난데없이 제주도가 무슨 말인가. 수진이 아무 말 없이 바라보고만 있자 남편이 '진짜야' 하고 변명이라도 하듯 덧붙였다. 이 나이 먹고 스케줄로 거짓말을 할 거라는 생각은 하지 않았지만, 하필 왜 그날 출장이란 말인가. 수진은 자세한 일정을 물어보려다가 그만두었다. 어쩐지 많은 게 피곤했다. 잠이 부족한 탓일지도 모른다.

시어머니를 데려온 날부터 남편과의 대화도 줄어들었다. 딸은 언제나처럼 아침 일찍 나가서 학원을 마치고 밤늦게 돌아왔다. 고등학교에 올라갔으니 학교에도 적응해야 할 거고, 챙길 일도 많을 것이다. 수진이 신경을 더 많이 써줘야 하는데 제대로 뒷바라지를 못 해주는 게 마음에 걸렸다. 야식을 차려놓고 딸을 기다려도 원래 많이 먹는 편이 아닌지라 썩 좋아하는 기색이 없었다. 딸이 지쳐 있는지 살펴야 했지만 수진은 거기까지 살필 여유가 없었다.

타들어가는 신경 줄이 한계에 다다른 것 같았다.

그날 밤, 수진은 머그컵을 들고 식탁에 앉아 있는 대신 담요를 두른 채 안방 문을 열었다. 금속 손잡이가 유독 차가웠다. 문틀 사이로 흘러나오는 공기에 먼지 냄새가 섞여 있었다. 겨우 나흘, 꼬박 사흘 동안 건드리지 않았던 방에 얇게 먼지가 앉아 있었다. 침대 옆에 누운 시어머니에게조차도. 반투명한 얼굴 위에 앉은 먼지가 어린 솜털 같았다. 질감 없이 굳어버린 늙은 피부에 돋아난 솜털이 너무도 산 자의 것 같아서, 수진은 두르고 있던 담요로 시신을 덮었다. 작은 체구가 이불 대용의 담요 아래에 완전히 가려졌다.

물티슈로 간단하게 바닥을 훔쳐내는 와중에도 담요에 덮인 시어머니는 조용했다. 수진은 어쩐지 그가 부스스 일어나 불평을 쏟아낼 것 같다고 생각했다. 얘, 너는 어떻게 맨바닥에 나를 눕혀두고 그러니……. 반투명한 입술로 잔소리를 뱉고 하얗게 얼어버린 손가락으로 살아 있을 적에 그러했듯이 간이 안 맞고 야채가 물러버린 반찬을 떠안겨 줄 것 같았다. 살아 있는 노인이 더 두려운지, 죽은 노인이 더 두려운지는 알 수가 없다. 어쩌면 둘 다 끔찍할지도 모른다.

수진은 시어머니의 시신을 넘어 옷장을 열었다. 한 번 해봤다고 이번에는 어렵지 않았다. 옷장 안쪽에서 제가 덮을 이불을 꺼내는 내내 시어머니는 숨 한 번 쉬지 않고 얌전했다. 이불을 끌어당기다 몸이 기우뚱, 쏠려 황급히 뻗은 발뒤꿈치에 정강이가 밟혔는데도 신음 하나 없다. 생물의 것이라고 할 수 없는 버석한 촉감에 수진의 종아리에만 닭살이 돋았다.

이불을 간신히 꺼내 깔고, 며칠간 사람의 온기가 없었던 침대에 기어올라 등을 대자 몸이 아래로 가라앉는 것 같았다. 이게 얼마 만의 매트리스 쿠션이란 말인가. 몸이 녹을 것처럼 편안했다. 며칠간 밤낮이 뒤바뀐 생활을 했는데도 잠이 순순히 쏟아졌다. 느슨하게 풀어지는 눈꺼풀을 저항 없이 감으며, 수진은 침대 옆에서 숨소리가 들린대도 오늘만큼은 방해받지 않고 잘 것이라 결심했다. 밤 내내 시체가 숨을 쉬는 일은 없었고, 수진은 어느 누구도 살아있지 않은 꿈을 꾸었다.

♻*⧗

수진이 시어머니와 같은 방을 쓴다는 사실에 남편이 얼핏 안도했다. 이기적인 사람이 되지 않으려고 애쓰는 표정까지는 꽤나 그럴듯했지만, 묵은 고민을 내려둔 것처럼 흘러나오는 숨까지는 막을 수 없었다. 수진이 차려둔 식사를 하고 수진이 꺼내둔 옷을 차려 입으며 남편이 관대한 사람인 척 핀잔을 주었다.

"진작 그랬어야지."

"당신은 어떻고?"

불시에 튀어나온 말은 스스로도 놀랄 정도로 싸늘했다. 넥타이를 묶던 남편이 멈칫하며 수진을 바라보았다. 식탁에서 비몽사몽하게 밥을 밀어 넣던 딸이 슬며시 수저를 내려두는 소리가 들렸다. 수진은 후회하며 한숨을 삼켰다. 아침부터 분위기를 사납게 만들고 싶지는 않았다. 더군다나 딸이 보는 앞에서.

남편은 몹시 모욕당한 사람처럼 얼굴을 붉혔지만, 자식이 보는 앞이어서인지 말을 삼켰다. 그나마 아이 교육이라는 게 뭔지 아는 사람이어서 다행이었다. 수진은 나름 사과의 표시로 남편의 재킷을 입혀주었다.

"다녀와요."
"……."

마음이 꽤나 상했는지 대답이 없다. 수진은 피곤하게 관자놀이를 문질렀다. 틀린 말도 없는데 왜 저리 발끈하는지 모르겠다. 애초에 시어머니가 무서워 꽁무니를 뺀 건 남편이 먼저 아니었던가. 안방에 시체를 처박아놓고 눈을 돌려버리면 사라지기라도 한다는 것처럼 굴어놓고, 수진이 견디다 못해 포기한 걸 가지고 비아냥거리기는.

그런 말을 죄다 쏟아놓고 싶었지만, 그랬다가는 아침부터 싸움이 대판 일어날 게 뻔했으니 수진은 입을 다물었다. 딸을 재촉해 욕실로 들여보내는 동안 현관문이 닫혔다. 쿵. 수진이 고른 옷을 입고 수진이 만들어준 식사를 한 남자가 수진에게 화가 나서 인사도 없이 나가버린다. 수진은 아득한 짜증을 느꼈다. 어디서부터 시작된 건지 알 수도 없었다. 오늘 아침만의 일은 아닐 것이다. 지난 며칠 내내 남편은 끔찍하게 굴었고, 시체를 가져오는 날부터, 아니 그 전부터 남편은 사람의 인내심을 시험하곤 했으므로 기원을 더듬어보는 것은 무의미했다.

수진은 습관적으로 물을 끓였다. 머그컵에 넣는 티백은 언제나처럼 이름도 읽지 않은 채였다. 향이나 맛을 원한다기보다는 그 온기가 필요해 뜨거운 머그컵을 쥐고 있자니 어느새 교복으로 갈아입은 딸이 가방을 메고 나왔다.

"나, 갔다 올게."

"……그래."

나가려다 말고, 딸이 문득 수진을 돌아보았다. 김이 올라오는 머그컵을 생명줄처럼 쥔 손을 잠시 보다가 아이가 물었다.

"그거 냄새 때문에 마시는 거야?"

뭐? 순간적으로 수진이 알아듣지 못하자 딸은 아님 말고, 하고 얼버무렸다. 낡은 운동화를 신고 집을 나서는 걸음이 조급했다. 쿵. 두 번째로 현관문이 닫히고 난 직후 수진은 불쾌한 냄새가 스치는 것을 느꼈다. 아주 짧은 순간, 어쩌면 바깥에서 들어온 냄새일지도 몰랐지만, 한여름에 방치한 개수대만큼이나 역겨운 냄새다. 그래, 마치 썩어 들어가는 시체에서나 맡을 법한 그런 냄새가…….

수진이 의자가 휘청거릴 정도로 거칠게 자리에서 일어났다. 들고 있던 컵을 내팽개치듯이 내려두자 뜨거운 물이 쏟아져 손을 적셨다. 통증이 이는 걸 느끼면서도 수진은 숨도 쉬지 못한 채 안방을 바라보았다. 아침에 수진이 나온 후로 꽉 닫혀 있는 방문 틈으로 어떤 냄새가, 시체가 썩는 냄새가…….

그러나 시체는 플라스틱으로 되어 있다. 시취는커녕 어떤 냄새도 나지 않을 것이다. 그럴 리가 없었다. 뺨이 싸늘하게 굳는 것을 느끼며 수진은 홀로 남은 집 안에 서서 생각했다. 수진 자신은 도망칠 곳이 없다는 사실을. 어디로 달아날 수도 집을 외면할 수도 없다는 사실을. 그게 아무리 썩어가는 시체와의 동침이더라도 수진이 거부할 수는 없다는 사실을…….

손끝이 뻣뻣했다. 더운물에 덴 통증이 뼈를 파고들었다. 수진은 간신히 정신을 차리고 싱크대 물을 틀어 덴 곳을 식혔다. 손잡이를 끝까지 돌리고 쏟아지는 찬물에 손을 집어넣고 있자니 얼어붙을 듯한 한기가 팔을 타고 올라왔다. 그러는 동안에도 수진은 여전히, 숨 쉬는 게 두려웠다. 한계가 올 때에야 간신히 바람이 새듯 공기를 삼키면서도 정말 썩은 내가 날까봐 어깨가 굳었다. 시체가 썩을 리가 없다는 사실을 알면서도, 그런데도 비이성적인 공포가 자꾸만 등줄기를 짓눌렀다.

어쩌면 정말로 시취가 나는지도 모른다. 안방에서, 침대 밑에서, 덮어둔 담요 밑에서 노인의 몸이 썩어들어가는지도 모른다. 안쪽에서부터 썩은 몸이 천천히 가라앉고, 죽은 몸에서 새어 나온 물이 바닥에 자국을 남기고, 벌레를 불러들이고…….

"……."

수진은 견디다 못해 넘어지듯 손을 뻗었다. 아무 냄새도 나지 않는데 코끝이 아렸다. 찬물에 젖은 손바닥에 금속 손잡이가 타는 듯이 느껴졌다. 손바닥이 한번 미끄러졌다가, 다시금 손잡이를 쥐고, 철컥. 문이 열렸다. 수진의 뺨이 얻어맞은 것처럼 붉게 달아올라 있었다. 두려움과 모멸감과 거부감에 휩싸여 상기된 얼굴로, 수진은 아무도 없는 안방을 노려보았다.

넓게 난 창에서 햇빛이 들어왔다. 담요로 덮어둔 몸은 가라앉지 않았다. 어떠한 악취도 없고 끔찍한 부패도 없었다. 문을 열기 전까지는 희미하게 나는 것도 같았던 시취가 말끔하게 사라져 있었다. 희미한 먼지 냄새와 깨끗하게 빨아둔 이불의 섬유유연제 냄새, 햇빛 냄새가 났다. 시체의 냄새로 추정되는 것은 어디에도 없다.

수진은 멍하니 문간에 서서 안방을 바라보았다. 지난밤 어둠과 함께 지냈던 시신은 여전히 고요하다. 깊은 두려움과 안도를 동시에 느끼며 수진은 문이 닫히지 않도록 최대한 활짝 열었다. 등 뒤에서 바람이 불어 문이 닫히기라도 한다면 정말 못 견딜 것 같았다.

벽에 손잡이가 닿을 정도로 열어두고, 문 바로 앞에 있는 침대를 돌아 모서리에 섰다. 시어머니가, 시어머니였던 시신이 담요에 덮여 있었다. 어젯밤과 아주 동일한 모습이다. 누구도 건드리지 않았고 시체가 살아나지도 않았다. 수진은 그 사실에 안도를 느껴야 할지 실망해야 할지 알 수 없었다.

별똥별과 달이 그려진 파란 담요. 수진은 유독 튀어나온 발 부분을 내려다보다가 천천히 담요 끄트머리를 쥐고 끌어당겼다. 아주 느리게 담요가 흘러내리며 머리가 드러났다. 그리고 이마가, 감은 눈이, 뒤틀리듯 다물린 입과 목이…….

뜨거운 물로 어떻게든 갈무리를 했다지만 전문가가 아닌 탓에 미흡한 부분이 있었다. 간신히 일자로 눕히기는 하였으나 표정까지는 어떻게 하지 못했다. 그나마 시어머니가 자는 동안 돌아가신 게 다행이다. 눈을 감고 죽은 덕에 뜬 눈을 주물러 감길 필요까지는 없었다. 얼굴 아래로는 수의를 입혀두었지만, 그것도 어떻게 할 줄 모르는 탓에 그저 옷 입히듯이 입혀두었다. 손발을 싸매거나 하는 등의 처리까지는 필요 없지 않느냐는 말도 있었다. 담요를 끝까지 벗겨내자 수의에 감싸인 플라스틱 조형물이 드러났다.

우스운 꼴이다. 이것에 겁을 먹었다는 사실부터가 우스웠다. 허탈한 미소가 새어 나오다 잠잠해졌다. 마음이 기묘하게 들끓는 것 같았다. 심장이 지나치게 빠르게 뛰는 것 같기도 했고, 또 한편으로는 이대로 침대에 쓰러져 잠들어버리고 싶기도 했다.

이것에서는 아무 냄새도 나지 않는다. 착각이었고 오해였다. 단단하게 뭉쳐버린 플라스틱이, 아무 처리도 하지 않고 썩게끔 설계되지도 않은 것이 시취를 풍길 리가 없지 않은가.

그러면 딸이 한 이야기는 무슨 이야기일까. 수진은 잠시 어떠한 가능성을 떠올리며 얼어붙은 채 시신을 내려다보다 느리게 담요를 펼쳤다. 펄럭, 하고 담요 아래로 시어머니가 몸을 감춘다. 어쩌면 나고 있을지도 모르는 냄새도 함께. 수진이 눈치채지 못할 뿐일지도 모르는 가능성도 함께…….

그거, 냄새 때문에 마시는 거야?

딸의 목소리가 불현듯 떠올랐다. 애써 사고 너머로 가라앉히려고 해도 쉽게 잦아들지 않는다. 그거 냄새 때문에, 냄새가, 그래서 마시는 거냐고, 냄새가 계속 나는데 눈치채지 못했냐고, 계속해서……. 수진은 이를 악물고 담요로 시어머니의 몸을 칭칭 동여맸다. 무기질의 몸뚱이를 단단히 동여매고는, 혹여나 썩더라도 1차로 담요가 물을 흡수하고 냄새를 막을 수 있을 정도로 바짝 묶어버리고 나서야 수진은 안도의 한숨을 쉬었다.

이제는 아무 냄새도 나지 않을 것이다. 나더라도 아무도 맡지 못할 것이다. 그것으로도 모자라 수진은 화장실에 있던 탈취제를 가져와 담요 위에 몇 번이나 뿌려댔다. 마침내 안방 전체에서 라벤더 냄새가 진동할 지경이 되어서야 수진은 손을 내렸다. 탈취제에 거의 흠뻑 젖은 담요가 시어머니의 얼굴에 달라붙어 있었다.

숨 막히시겠다, 무의식적으로 생각했던 수진은 스스로의 사고에 기겁하며 도망치듯 몸을 돌렸다. 잠깐 두려운 망설임이 있었다가, 다시금 담요를 향해 돌아선 수진이 손을 뻗어 담요를 잡아당겼다. 얼굴에 달라붙은 담요를 조심스럽게 당겨 숨 쉴 공간을 확보한 수진이 간신히, 스스로 미쳐가는 것만 같다는 불안과 이상한 안도를 안고 안방 문을 닫았다. 라벤더 향기가 끔찍하게 진동하고 있었다.

♺ ✳ ⧗

초재(돌아가신 날로부터 7일째 지내는 첫 번째 재)를 지내기 전날, 남편은 정말로 출장을 가버렸다. 라벤더 냄새가 범벅된 집에 수진과 딸을 남겨둔 채로. 집에서는 점점 더 냄새가 심해졌다. 수진은 이제 탈취제에서도 악취가 나는 것만 같았다. 딸은 큰 불평이 없었지만 자신의 방에서 나오는 일이 줄어들었다. 그럴수록 수진은 탈취제를 뿌렸다. 계속해서, 계속해서, 라벤더 냄새가 담요를 적시고, 썩은 내가 잦아들고.

시취가 난다는 건 수진의 착각이 분명했다. 플라스틱에서는 냄새가 날 수 없다. 그걸 알면서도 수진은 강박적으로 굴었다. 계속해서 담요를 갈고, 탈취제를 뿌리고, 바닥을 닦았다. 담요를 돌아가면서 세탁하느라 건조대가 가득했다. 몇 시간에 한 번씩 담요를 갈아대느라 녹초가 된 수진에게 딸이 통보했다.

[나, 오늘 친구 집에서 자고 갈게.]

딸이 등교하자마자 보낸 메시지였다. 수진이 곧장 전화를 걸려다가 문득 고개를 들었다. 햇빛이 드는 거실에 수진 홀로 앉아 있었다. 발치를 데우는 볕이 이상할 정도로 서늘하게 느껴졌다. 뭐라고 말을 해야 할지도 잊어버린 채 수진이 멍하니 앉아 햇빛을 바라보다 손을 내렸다. 코를 찌르는 라벤더 향기 너머로 불쾌한 냄새가 스치는 것 같았다. 요 며칠 내내 그랬던 것처럼 없어지지 않는 시취가 안방에서부터 스며 나오고 있었다.

수진은 알고 있었다. 안방 문을 열면 자꾸만 거슬리게 스치는 썩은 내는 언제 그랬냐는 것처럼 사라질 것이다. 미쳐간다는 게 이런 걸까 싶을 정도로 수진의 신경이 타들어가고 있었다. 아마 딸도 느낄 수 있을 것이다. 집 안에서 진동하는 시취를, 불안정하게 흔들리는 시선을, 초조한 수진의 웃음을…….

누구네 집에서 자냐고, 언제 돌아오느냐고 묻지도 못한 채 수진은 핸드폰을 껐다. 액정이 까맣게 물든다. 수진은 아무렇지도 않게 행동하려고 애썼다. 정말로 열심히. 계속해서 치미는 구역질과 두려운 거부감을 티 내지 않으며, 당장이라도 소리를 지르고 머리를 쥐어뜯고 싶은 초조함을 누르며, 그러나 결국에는 완전히 숨기지는 못하며. 노력했으나 완전하지는 못했던 결과가 딸의 메시지로 노랗게 떠 있는 것 같았다. 수진은 멍하니 눈을 깜빡였다. 머리가 아팠다. 아마도 썩은 내 때문일 것이다.

수진은 문득 날짜를 확인했다. 화요일이다. 남편은 어제 집을 떠났다. 날짜가 어떻게 가는지도 모르겠다. 화요일. 절에 가기로 한 날이다. 시체를 데리고……. 수진은 자리에서 일어났다. 삐걱거리는 소리가 소파에서 나는지 자신의 몸에서 나는지도 알지 못했다. 안방으로 다가갈수록 코를 찌르던 시취는 문을 여는 순간 거짓말처럼 사라져버린다.

"어머니."

부르고 나서야 대답이 돌아올 리가 없다는 사실을 깨닫는다. 어머니, 어머니……. 수진은 민망함을 떨치려는 것처럼 괜히 혼자 중얼거리며 침대를 돌아 담요 뭉치를 잡아당겼다. 무게감이 거의 없는 시체가 순순하게 딸려 왔다. 바닥에 끌리지 않도록 중간 즈음을 쥐어 옆구리에 끼면 삼베로 만든 수의가 담요와 함께 구겨지는 감촉이 느껴졌다. 그 아래, 단단한 손가락과 팔꿈치의 감촉은 한 박자 늦게 인지된다.

"가요, 어머니. 늦겠어요."

누구에게라도 할 것 없이 수진은 계속해서 중얼거렸다. 담요로 싸둔 게 다행이었다. 문을 열고 주차장으로 내려가는 내내 마주친 사람들은 알록달록한 담요 안쪽에 뭐가 들었는지 궁금해 하지 않았다. 남편이 출장 가며 놓고 간 차에 시동을 걸고, 트렁크에 시체를 비스듬하게 쑤셔 넣고 나니 관자놀이에 땀이 맺혔다.

"좀 좁더라도 참으세요. 어머니 몸이 너무 딱딱해서……."

인형처럼 관절이 꺾였더라면 조수석에 앉혀두고 운전을 할 수도 있을 것이다. 시취가 나지 않는 건 분명한데 이상하게 손바닥이 기름에 젖은 것처럼 미끌거렸다. 땀 때문이라는 사실은 한 박자 늦게 깨달았다. 수진은 숨을 헐떡이며 운전석에 올라탔다. 시동을 거는 내내 손이 제자리를 찾지 못하고 우왕좌왕했다. 마지막으로 운전한 게 언제인지 기억도 나지 않았다.

간신히 시동을 걸고, 어떻게든 주차장을 빠져나가는

내내 수진의 어깨가 바짝 굳어 있었다. 그나마 평일 낮이어서 차가 적은 게 다행이었다. 저녁처럼 복잡하게 차가 주차되어 있었더라면 분명 어딘가를 긁거나 박아버렸을 것이다. 차에 기본적으로 붙어 있는 내비게이션에서 여성의 목소리가 튀어나왔다. 전방에 어린이 보호구역입니다.

수진은 전송받은 절 위치를 입력했다. 1시간 23분. 최적 경로로 목적지까지 걸리는 시간이 뜨고 나서야 수진은 겨우 절에 전화를 걸었다. 요즘은 절에도 홈페이지가 따로 있다는 걸 안 것도 이번이 처음이었다. 전화를 받은 사람은 젊은 남자로, 수진의 편견인지는 모르나 중처럼 느껴지지는 않았다.

죽은 사람의 이름을 밝히고 몇 시까지 가야 하냐고 묻자 남자가 잠시 어, 하고 말을 끌었다. 오늘이 며칠이죠, 하고 전화 너머로 누군가에게 묻는 소리도 들렸다. 잠시 기다린 뒤에야 대답이 돌아왔다.

[원래 아홉 시 반부터 하는데, 오늘은 열한 시 반부터 시작이에요. 법회일이라서.]

법회일이 뭔지도 모르면서 수진은 그렇군요, 했다. 도착 시간이 10시 40분이다. 늦지 않게 도착할 것 같다는 이야기를 하자 전화기 너머의 남자가 웃었다. 수진은 그가 왜 웃는지도 몰랐다.

[그럼 말씀드려 놓겠습니다.]

"네, 조금 이따 뵐게요."

이게 다 무슨 소용이지? 뭘 위해서 하고 있는 거지? 그런 생각이 들다가도 과속방지턱에 걸린 차가 덜컹, 흔들리면 생각이 날아갔다. 정확히는 차가 흔들리며 트렁크에서 사람 크기의 무언가가 덜걱거리는 소리가 들릴 때마다 그랬다. 손바닥이 미끌거렸다. 썩은 내가 손에 밴 것 같았다.

가는 길에는 차가 막히지 않았다. 놀라울 정도로 날씨가 좋았다. 건조하게 내리쬐는 햇볕에 차창에는 온기가 돌았고 기름을 가득 채운 차는 밟는 대로 시원하게 달려 나갔다. 그런데도 수진은 절에 도착했을 무렵에는 식은땀에 푹 젖어 있었다. 운전에 익숙하지 않은 탓도 있었지만, 차 안쪽에서 자꾸만 이상한 냄새가 났다. 라벤더 탈취제 냄새였다. 아니다, 단백질이 썩어들어가는 냄새였다. 아니다, 차 안에서는 아무 냄새도 나지 않았다……. 수진은 11시 15분에 절에 도착했다.

"안쪽에 자리 마련해두었으니 들어가 계시면 됩니다."

전화로 들었던 목소리가 눈앞의 남자에게서 흘러나왔다. 머리를 깎지 않은 남자였다. 절에서 일하는 직원이라도 되는 걸까, 궁금해 하다 말고 수진은 돌아서는 그를 붙들었다. 의아한 얼굴을 마주하며 수진은 문득 제게서 썩은 내가 나지 않을까 궁금해졌다.

"……장례도 여기서 맡아주나요?"

남자가 잠깐 혼란스럽게 수진을 바라보았다. 장례를 치른 뒤 7일이 지나야 하는 게 초재인데 무슨 말을 하는 건지 알 수가 없다는 표정이었다. 수진은 목이 타는 걸 느끼며 애써 웃음 지었다.

"저희 어머니가 아직 매장을 못 해서요……."

"시신을요?"

"여기서 맡아주셨으면 하는데. 그, 비용이 든다면 낼 테니까."

수진을 내려다보던 남자가 간신히 감을 잡았다. 미묘한 동정과 단단한 거절을 두른 채 웃는다.

"그건 어렵겠네요. 저희 방침상 맡아드리지 않고 있어요."

"……안 썩는데도요. 그냥 어디 창고에……."

"저희가 아직 백신을 맞지 못한 시주분들도 계셔서."

아, 힘 빠진 감탄이 수진의 입에서 흘러나왔다. 진심인지 거짓말인지는 알 수 없는 일이지만, 일단 면전에서 거부를 당하고 나니 그나마 쥐어짜낸 용기도 사그라들었다.

남자가 예의 바르게 웃고는 수진의 손에서 팔을 빼냈다. 그의 소매에 땀자국이 약간 번져 있었다.

"안쪽에 자리를 마련해두었으니 들어가 계세요."

한 번 들었던 안내가 다시금 주어진다. 명백하고 깔끔한 거절이다. 수진은 눈을 느리게 깜빡이다가 고개를 끄덕였다. 남자가 자리를 뜨고 난 후에도 수진은 차마 안으로 들어서지 못하고 자리에 가만히 서 있었다. 핸드폰은 11시 20분을 가리키고 있었다. 수진은 문득, 간신히, 마지막 희망을 걸어 어딘가로 전화를 걸었다. 상쾌한 통화 연결음이 흘러나오다가 뚝 끊겼다.

[미도시 행정복지센터입니다. 무엇을 도와드릴까요?]

"플라스틱병 환자의 시신을 정부에서 처리해준다고 들었는데요."

잠시만 기다려주세요, 하는 말과 함께 연결음이 다시

울렸다. 담당 부서로 전화가 넘어간 뒤에 수진은 똑같은 질문을 했다. 언젠가 정부에서 발표한 처리 방법이 병뚜껑과 페트병에 시신을 섞어 재활용해버리는 것뿐이라는 사실은 이제 신경 쓰이지도 않았다. 핸드폰을 든 손바닥에서 라벤더 냄새가 났다. 머리가 지끈거렸다.

[네, 가능하세요. 신청하실 건가요?]

"네, 어떻게 신청하죠?"

[복지센터에 오셔서 서류를 작성하시고, 유족 중 두 명 이상 동의서를 받아오시면 접수됩니다. 수거는 지정 가능하신 날짜에 저희 쪽에서 차량을 보내서…….]

안내 음성이 끝나기도 전에 수진은 직감했다. 신청은 불가능하다. 두 명 이상의 동의서는 한 명은 수진이 한다고 쳐도 나머지 한 명을 누구로 할 것인가. 좋은 사람인 척하는 데에만 정신이 팔린 남편? 시체를 떠넘기고도 모자라 떠받드는 일까지 간섭하는 아가씨며 도련님들? 그도 아니면 아무것도 모르는 딸?

초재의 시작을 알리는 종소리가 울렸다. 수진은 통화를 얼버무리고 끊어버렸다. 네, 방문해서 서류 떼 갈게요. 마음에도 없는 소리를 하면서 뭔가 더 이어지려는 설명을 잘라내고 통화를 강제로 종료해버렸다.

죄책감을 느낄 새도 없이 절 안쪽으로 걸음을 옮기며 수진은 등에 숨이 붙는 것 같았다. 썩은 내가 나는 숨이, 주름진 입술과 갈라진 이빨 사이로 흘러나오는 누군가의 신음이 수진의 발목에 감겼다. 도망치듯 걸음을 옮겨도 수진의 손가락에 들러붙은 냄새는 사라지질 않았다. 손가락뿐만이 아니다. 시체를 차에 태우느라 끌어안았던 품에서도, 같은 방에서 잠들었던 옷에서도, 그것의 냄새를 삼켰던 폐부에서조차 시취가 끊임없이 풍기고 있었다.

종소리가 자꾸만 수진을 불렀다. 수진은 그것이야말로 장례를 알리는 것 같았다. 다만 누워 있을 자는 시어머니도, 시어머니를 닮은 몸뚱이도, 썩어가는 플라스틱도 아니다. 수진이 그 자리에 누워 있을 것이다. 시취를 온몸에 밴 채로, 아주 천천히 썩어내리며, 물과 흙으로 돌아가며 끔찍한 냄새를 풍기며…….

수진이 들어오지 않자 그를 안내했던 직원이 마당으로 고개를 내밀었다. 수진을 부르려던 직원이 멈칫했다. 그가 들은 이름은 죽은 노인의 것뿐이다. 산 자를 망자의 이름으로 부를 수는 없으나, 그를 어찌 불러야 할지 알 수가 없었다.

직원의 고민이 무색하게 수진의 차가 먼 곳으로 떠나고 있었다. 타이어가 성급하게 절 문을 벗어난다. 핸들을 움켜쥔 손바닥에 땀이 배어나 있었다. 수진은 도망치듯 액셀을 밟으면서 영문 모를 초조함에 쫓기듯 굴었다. 입이 마르고 숨이 가쁘다. 머릿속 어딘가가 지끈거리며 아팠다. 어쩌면 백신이 잘못되었는지도 모른다. 플라스틱 병에 옮지 않게 해준다는 백신이 잘못되어서, 수진마저도 뒤에 누운 시체처럼 영원히 굳어버리고 곤란한 물건 대하듯 처박혀 아무도 그를 애도하지도 원하지도 않게 되어버릴지도.

금속과 유리가 찢어지듯 부서지는 소리가 났다. 몸이 급격히 앞으로 쏠렸다. 에어백이 뺨을 후려쳤다. 수진은 한순간 죽음이란 조용하지도 어둡지도 않은가보다 했으나 차체가 산길의 가드레일에 처박힌 것뿐이었다. 경고음이 삑삑거리며 울렸고, 충격으로 와이퍼가 유리창을 훑었다. 수진은 눈앞에서 흔들리는 막대를 멍하니 바라보다가 떨리는 손으로 문을 열었다. 가드레일이 우그러지고 범퍼가 망가질 정도로 거센 충돌이었다.

"……하아."

머리를 어딘가에 부딪쳤는지 눈앞이 자꾸만 일그러졌다. 입 안에서 피 냄새가 났다. 어디가 찢어졌나보다 했지만 이내 미지근한 액체가 코 아래로 흘러내렸다. 입술을 적시는 찝찔한 맛이 역겨웠다. 수진은 옷소매로 코피를 훔치며 부딪친 가드레일 너머를 내려다보았다. 건조한 별이 비스듬한 절벽 아래로 떨어지고 있었다. 유서 깊은 절을 찾아 들어오는 신도들을 비웃을 정도로 깊은 산속이다. 얽힌 나무가 햇빛을 삼키는 모양을 내려다보며 수진은 차가운 가드레일을 짚었다. 코피가 멎지 않는 것과는 반대로 머릿속이 천천히 가라앉는 것 같았다.

먼 곳에서 바람이 불어왔다. 뜨뜻한 피 냄새를 제외하

고서는 어떤 냄새도 나지 않았다. 수진은 한참이나 절벽 아래를 내려다보았다. 이 산중으로 보험사를 부르려면 한참이나 시간이 걸릴 것이다. 몇 시간은 걸릴지도 모른다. 어쩌면 차를 포기하고 내려가야 할지도 모른다.

현실적인 생각을 하던 수진이 문득 뒤를 돌아보았다. 누군가가 그를 부른 것 같았다. 수진아, 하고. 새아가, 하고. 익숙한 목소리가 수진의 관심을 끌어 불러 세운 것만 같았다……. 그러나 아무도 없다.

누구도 없다. 이 길에는 수진뿐이다. 먼 곳에서 종소리가 희미하게 들리는 것 같았다. 초재가 계속해서 진행되는 모양이었다. 향내가 날지도 모른다고 생각했으나 아무 냄새도 나지 않았다. 아무 냄새도. 찝찔한 피 냄새도, 바람에 묻어오는 서늘한 계절 냄새도, 시체에서 흘러나오는 썩은 냄새조차도.

아무것도.

"……."

트렁크가 열려 있었다. 차가 부딪치는 충격으로 열린 것이 분명하나 수진은 트렁크 안에서 누군가 그를 불렀다고 확신했다. 아주 익숙한 부름이었다. 몇 번이나 들어왔고 자주 진저리를 쳤던 목소리. 비위를 맞추느라 듣기만 해도 어떤 기분인지 알아챌 수 있게 되어버린 말투.

수진은 굳어버린 채 트렁크를 바라보다가 천천히 걸음을 옮겼다. 무릎이 뻣뻣했다. 한 걸음 나아갈 때마다 뼈가 꺾이는 것만 같았다. 덜걱거리는 걸음으로, 느리게, 트렁크를 들여다본다.

시어머니를 감싼 담요가 흐트러져 있었다. 애초에 비스듬하게 쑤셔 넣었던 시어머니의 관절이 이상하게 비틀려 있었다. 꺾이고 망가진 몸은 이제 시체로 보이지도 않았다. 늙고 흰 얼굴이 하늘을 비스듬하게 올려다보고 있다. 분명 눈을 감고 있었을 텐데 눈꺼풀 아래로 희멀건 눈동자가 보였다. 아니, 눈을 감겼던가. 감고 있었던가. 그는 분명 잠자듯 죽었으니 눈을 감았을 텐데도.

수진은 자신을 바라보는 시선에서 눈을 떼지 못했다. 죽은 자가 그를 비난하는 것만 같다. 비웃는 것 같다. 희게 물든 눈동자와 부러진 속눈썹 따위를 내려다보며 수진은 영문을 알 수 없는 충동에 휩싸였다. 어쩌면, 어쩌면 다시는 하지 않을 행동을. 지금껏 생각도 하지 않았던 그런 충동을…….

플라스틱 몸체는 무겁지 않다. 시체를 감싼 수의를 잡아당기자 애초에 옷의 기능을 거의 하지 못하는 천이 북 뜯어졌다. 수진은 찢어진 천 조각을 밧줄처럼 써서 시어머니의 몸을 움켜쥐고 끌어당겼다. 덜컥, 하고 플라스틱 발꿈치가 바닥에 떨어진다. 가드레일로 끌고 가는 중에도 몸은 바닥 요철에 툭툭 튀기만 할 뿐이지 이렇다 할 흔적을 남기지 않았다.

먼 곳에서 바람이 불었다. 짧은 거리를 옮겼을 뿐인데 땀이 온몸을 적셨다. 바람이 훑고 지나가자 등줄기에 소름이 돋았다. 수진은 새롭게 솟아나는 열기와 습기를 느끼며 헐떡였다. 아가리를 벌린 숲이 햇빛마저도 삼키는 게 보였다.

"……."

먼 곳에서 종소리가 들렸다. 아주 먼 곳에서부터…….

단단한 플라스틱으로 들어찬 몸이 흔들거리며 멀어졌다. 바람에 날아갈 줄 알았으나 생각보다도 무게가 있는 탓인지 시신은 흩날리지도 사라지지도 않고 똑바로 흘러내려갔다. 멀어지는 몸은 분명 눈을 감고 있다. 나뭇가지에 걸린 몸체가 그대로 멎는가 싶더니, 수진의 눈앞에서 어둠으로 빨려 들어가듯 사라졌다. 수진은 완전히 멀어져버린 것을 가만히 내려다보았다. 시신이 기어올라 오기라도 할 것만 같았다. 돌아오지 않는다는 것을 확신할 만큼 오랜 시간이 지난 뒤에야, 수진은 간신히 편안한 죄책감을 느낄 수 있었다.

발치가 따스했다. 불어오는 바람에서 풀잎 냄새가 났다. 수진은 흐트러지는 머리카락을 방치한 채 천천히 숨을 삼켰다. 비린 피 냄새와 차량에서 나는 탄내. 바람과 안심의 냄새.

더 이상의 악취는 없을 것이다. 그 사실이 수진을 안도하게 했다.

♻ ✳ ⧗

"몸은 괜찮아?"

남편이 넥타이를 풀어 내려놓았다. 수진은 익숙하게 남편이 벗어둔 허물 같은 옷가지를 걷어 빨래바구니와 옷장에 나눠 걸었다.

"괜찮아, 많이 안 다쳤어."
"보험사 말로는 수리비가 꽤나 나올 거라던데."

수진은 셔츠 목깃을 확인하며 최대한 태연하게 행동했다. 비정상적으로 뛰던 심장도, 계속해서 쏟아지던 식은땀도 이제 멀쩡해졌다는 게 이상하게 느껴졌다. 아니, 이상한 건 시체와 한 방을 쓰던 시절의 수진일 것이다. 어쩌면 미쳐가고 있었는지도 모른다.

"차도 차인데, 사고 때문에 어머님 몸을 잃어버렸어."

"……뭐?"

남편의 얼굴을 볼 수가 없었다. 그가 당장이라도 역정을 낼 것 같았다. 수진은 재빨리 변명을 덧붙였다.

"부딪치면서 차 문이 열렸나봐. 정신 차리니까 없던데……."

"……."

수진 자신이 들어도 조악한 변명이다. 등 뒤에서 남편의 시선이 닿는 게 느껴졌다. 수진은 침착하게 와이셔츠 목깃에 진 때를 세제로 문질렀다. 기묘한 침묵이 몇 초 이어지다가 남편이 양말을 빨래 바구니에 아무렇게나 던져 넣었다.

"어쩔 수 없지."

그리고 남편은 욕실로 들어가버렸다. 숨도 쉬지 못

하고 있던 수진은 그제야 간신히 호흡을 터트렸다. 이제야 모든 게 원래대로 돌아간 것 같았다. 남편은 이제 회사에서 밤을 새우지 않을 것이고, 딸은 친구 집에서 자겠다며 나가버리지 않을 것이다. 모든 게 괜찮을 것이다, 모든 게…….

그날 밤, 남편은 이불과 베개를 들고 안방으로 돌아왔다. 침대 옆자리에 눕는 남편을 보며 수진은 특정하기 어려운 안도와 희미한 분노를 동시에 느꼈다. 묵묵히 바라보고만 있자 남편이 몸을 뒤척여 등을 돌리고 누웠다.

수진은 마주한 등을 바라보다 눈을 감았다. 옆자리에 누운 자에게서 희미한 냄새가 나는 것 같았다.

아주 익숙한 냄새였다.

03

역 피그말리온

메일을 받았을 때, 수현은 화면에 쓰인 몇 줄의 내용이 수신인을 잘못 찾아온 것이라고 생각했다. 그도 그럴 것이 수현은 문의를 하는 사람이었던 적이 더 많았다. 때때로 처치 곤란한 물품을 싼값에 넘기겠다는 흥정이 대뜸 날라오기도 했지만, 그것도 자주 있는 일이 아니었던 데다 그런 메일은 대부분 어느 정도의 무례함을 품고 있었다. 그러니까 수현은 세 줄 남짓의 정중하고 예의 바른 질문을 받을 만한 사람이 아니라는 소리다.

내용은 길지 않다. 가볍게 클릭했다가 닫는 5초 사이에 다 읽을 수 있는 내용이었다. 그러나 읽고 나서도 수현은 도대체 이게 무엇을 요구하는 내용인지 알 수 없었다. 정중하기는 했으나 자신의 목적을 밝히지 않았고, 수현에게 물건을 팔려는 셈도 아닌 것 같았다. 수현은 다시 메일을 열어 얼마 없는 내용을 눈으로 훑었다.

안녕하세요.

특수 화물을 취급하신다는 소문을 듣고 메일 보냅니다.

제게 현물이 있지는 않으나, 관련하여 조언을 구하고 싶어서 실례를 무릅쓰고 연락드립니다. 조언에 대한 사례는 충분히 드릴 테니 답장 보내주신다면 감사하겠습니다.

종종 있다. 어떤 루트인지는 모르겠으나 이런 식으로 수현의 취미를 알아내는 사람들이. 수현은 한숨을 삼키곤 방 안을 돌아보았다. 한쪽 벽을 완전히 가린 커다란 장식장 안에 희끄무레한 물체들이 우아하게 늘어서 있었다. 기묘할 정도로 섬세하게 조형된 조각품이라고 해도 될 것이고, 또는 심혈을 기울여 만든 전시물이라고 보아도 될 것이다. 작은 동물들의 형체를 한 플라스틱 덩어리들이 제각기 나름의 포즈를 취하고 늘어서 있었다. 어찌나 잘 관리하는지 조명이 환하게 켜진 장식장 안에서도 먼지 한 톨 보이질 않는다.

이것들이 전부 수현이 취급하는 '특수 화물'이었다. 아직까지는 동물에 한정되어 있다. 플라스틱병은 인간의 병이었으나 드물게 전염되는 동물도 있었다. 인간과 접촉이 잦은 개나 고양이, 쥐 따위가 주로 변했다. 인간과 동물이 다른 점이라면 동물은 전신이 플라스틱으로 변하는 일은 적다는 사실이었다. 수현은 플라스틱병에 감염된 동물 중에서도 깨끗하고 온전한 개체만을, 즉 아주 드문 '특수 화물'만을 취급했다.

플라스틱병이 발견된 지 1년 남짓이 지났다. 백신이 나온 지도 한참 되었다. 인간의 힘으로 통제할 수 있는 병이라는 게 확실해지자마자 플라스틱병의 효용성에 대한 연구가 늘어났고, 어떤 사람들은 온전한 형태로 시신을 보존할 수 있다는, 병의 유일하다시피 한 장점에 눈을 돌렸다.

수현도 그중 한 명이다. 특수 화물을 취급하는 사람들

은 대부분 '특수 수집가'로 불렸는데, 수현은 그중에서도 온건한 편이었다. 적어도 그는 인간을 수집하지는 않는다. 아직까지는.

"……."

수현은 잠시 고민하다 답장을 보냈다. 내용은 짧다. 아무래도 본인을 밝히지 않은 데다 현물도 갖지 않다고 말하는 자에게 호의적으로 나가기는 어려웠다. '연락은 감사드립니다만 특수 화물에 대한 문의는 따로 받고 있지 않아서…….' 어쩌고저쩌고. 좋은 말로 에둘러 대답하지만 어쨌든 수상한 사람과는 말 섞기 싫다는 내용이다. 전송을 누르고 나서야 차라리 답장을 하지 않는 게 나았을지도 모른다는 생각이 들었지만 이미 늦었다. 이메일이라는 건 우체통을 뒤져서 꺼내 올 수도 없는 종류 아니던가. 전송 취소를 누르려고 해도 보내자마자 읽었다는 표시가 뜨니 어쩔 수가 없다. 이메일만 들여다보고 있는 상대가 눈앞에 그려지는 것 같다.

읽는 게 빠른 것에 비해 답장은 느리다. 어쩌면 거절을 그대로 받아들였는지도 모른다. 그러나 수현은 이런 요구를 하는 작자들이 쉽게 포기하지 않는다는 사실을 알고 있었다. 인터넷에 제대로 올려두지도 않은 메일 주소로 연락을 취해온 사람이다. 어떻게 알았는지는 몰라도 어쨌든 쉽게 포기할 사람이었더라면 수현의 연락처를 찾아내지도 않았을 것이다.

그다음 메일은 처음 것보다는 길었다.

안녕하세요.

특수 화물에 대한 문의보다는 과정에 대한 문의입니다. 다른 특수 수집가분들께도 연락을 해보았으나 답장이 온 건 선생님뿐입니다. 경찰에 신고를 하셔도 괜찮으니, 질문 한 가지만 답해주시면 감사하겠습니다.

혹시 특수 화물에 대한 제작도 직접 하시는지요? 그렇다면 제작 과정을 알려주실 수 있습니까?

만약 이메일로 답변이 어려우시다면, 아래 번호로 연락 주세요.

그리고 따라붙는 전화번호 한 줄. 조회해보니 사기나 범죄 이력은 없는 번호였다. 수현은 번호를 가만히 노려보았다. 본다고 해서 하얀 화면에 뜬 열한 개의 숫자가 답을 내놓지는 않는다. 이 사람의 의도가 무엇인지 알 수가 없다는 게 가장 큰 걸림돌이다. 아무리 죽은 것을 모으는 일이라지만 어떻게 보면 불쾌감을 자아내는 수집이다. 애초에 일부러 병을 옮겨 특수 화물을 제작하는 건, 즉 전염병을 의도적으로 퍼뜨리는 건 불법이었다. 대상이 동물이기 때문에 그나마 법의 틈새가 있는 것이지 빡빡하게 파고들면 신고도 어렵지 않았다.

그러나 이대로 무시하기엔 뒷덜미를 붙드는 성가신 예감이 있다. 수현은 손톱을 씹으며 메일을 다시 열었다. 추적이 어렵지 않은 개인 메일, 그리고 섣불리 공개한 개인 전화번호. 이게 함정이라기에는 너무 어설프지 않은가. 어쩌면 수집가가 되고 싶은, 수현같이 초라한 이상성욕자일지도 모르고. 겨우 연락이 닿았는데 그마저도 외면당하는 불쌍한 누군가를 잠시 생각하다가 수현은 한숨을 삼키며 핸드폰을 들었다. 제작 과정은 모른다고 하고 끊는 거다.

모른다는데 어쩌겠어.

연결음은 길지 않았다. 두 번 반 신호가 간 다음에 소리가 뚝 멎었다. 처음에는 아무 소리도 들려오지 않은 탓에 수현은 전화가 연결된 줄도 몰랐다. 몇 초간 침묵이 흐르다가, 수화기 너머에서 신중할 정도로 조용한 목소리가 들렸다.

[여보세요.]

느리고 조용한 목소리가 어쩐지 먹먹하게 울리는 것 같았다. 욕실에 있기라도 한 건가. 그보다는 여자의 목소리라는 게 뜻밖이었다. 활자 건너의 사람을 짐작해보지는 않았으나 막연히 남자일 것이라고 여겼던 모양이다. 수현은 목소리 바깥의 소음에 잠시 귀를 기울이다가, 전화가 끊어지기 직전에야 입을 열었다.

"번호 남겨주셔서 전화했어요."

[……특수 수집가이신가요?]

묻는 목소리도 조용했다. 상대를 경계하는 것 같기도 했다. 수현은 어쩐지 비죽 치밀어오르는 반발심과 당신이 먼저 연락을 해오지 않았느냐고 따져 묻고 싶은 고까운 심정이 되어서는 대꾸했다.

"특수 화물 제작이 불법인 건 아시죠?"

[아…….]

안다는 건지 모른다는 건지 알 수가 없는 힘없는 탄성이다. 수현은 그 뒤로 이어질 반응을 기다리다가 아무런 답이 없자 다시금 입을 열었다.

"개인 제작하려는 거면 관두세요. 해주는 업체를 찾든가."

[……업체가 있나요?]

"글쎄요, 그건 저도 모르겠네요."

장례업체에서는 해주지 않겠는가. 대충 하는 일이 비

슷하니. 그런 생각을 했지만 수현도 정확히는 몰랐다. 안 해줄지도 모르지. 어쩌면 업체가 생겨나기엔 너무 짧은 시간인지도 모른다. 병이 퍼진 지 이제 1년 남짓이니 관련 법령이 제정되기도 전이다. 정확히는 법을 정하려는데 이것저것 따질 게 많아 지지부진하게 끌고 있다는 모양이었다.

수현은 알지 못하는 일이다. 지금도 알음알음으로 수집이 가능하니 신경도 안 쓰고 있기도 했다. 전화기 건너편의 여자는 아는지 모르는지 한참이나 침묵하다가 조용히 속삭였다.

[하지만 선생님은 하시잖아요.]

선생님이라. 낯선 호칭 탓에 기분이 이상하게 근질거렸다. 수현은 콧잔등을 몇 번 긁고는 태연하게 대꾸했다.

"개인 제작은 안 해요."

[블로그에…….]

"저 블로그 없는데요."

정확히는 없앴다. 처음엔 아무도 찾아오지 않았던 블로그에 점차 불쾌한 댓글이 달리기 시작할 무렵이었다. 그게 몇 년 전인데, 여자는 수현이 짐작도 못한 이야기를 했다.

[캡처로 봤어요.]

"……그게 캡처가 있다고요?"

여자는 한참 전에 없어진 수현의 블로그가 캡처되어 암암리에 돌아다니고 있다고 했다. 보통은 일반 커뮤니티에서 조롱과 경악의 대상이 되었지만, 조금 더 마니아적인 게시판에서는 선망의 대상으로 퍼져 있다고 했다.

[거기엔 자세하게 적어두셨잖아요.]

방 안은 온도가 딱 맞는데도 어쩐지 식은땀이 나는 것 같다. 수현은 부드러운 울림이 들리는 전화에 귀를 기울이다가 마른침을 삼켰다.

"……일단 만나서 얘기할까요."

뭐든 간에, 기록이 남을 만한 연락은 안 되겠다. 수현의 제안에 어느새 익숙해져버린 침묵이 흘렀고, 이내 부드러운 긍정이 떨어졌다.

♲✳⧗

캡처본을 들먹인 게 어쩌면 협박일지도 모른다고 추측했으나 막상 마주 본 여자는 그런 것 따위는 생각도 못할 정도로 심약해 보였다. 눈가에 진 그늘과 수심 어린 표정은 연기로 만들어낼 수 있는 게 아니다. 여자는 시선을 마주했다가도 몇 초 뒤에는 부드럽게 눈을 깜빡이며 눈길을 피하기도 했다. 낯선 이와의 교류가, 그것이 겨우 눈을 마주치는 정도라도 몹시 버겁다는 것만 같다. 소매 바깥으로 흘러나온 팔이 지나치게 가늘다.

흐린 병색마저 감도는 얼굴로, 여자는 제 앞에 놓인 커피 잔을 가만히 내려다보다가 겨우 입을 열었다.

"개인 제작은 안 하신다고요."

단정한 목소리. 젖지도 않고 흔들리지도 않은……. 수현은 문득 전화 너머로 들었던 울림을 떠올렸다. 정말로 욕실에서 전화를 받았던 걸까. 희뿌연 습기가 꽉 찬 한 평 남짓의 욕실에서, 안개 속에서 길을 잃은 사람처럼…….

"일단, 캡처본 보여주세요."

"……."

여자는 잠시 눈을 깜빡이다가 주머니에서 핸드폰을 꺼냈다. 행동이 한 박자씩 느렸지만 당황하거나 두려워하는 기색은 아니었다. 호흡도 깜빡임도 느리다. 몸 바깥의 자극과 정신에 괴리감이 있는 것 같았다. 막 하나를 사이에 두고 홀로 다른 세계에 부유하는 듯한, 여자.

여자의 이름은 임연이라고 했다. 그의 이름이 머리 주변에 둥둥 떠다니는 것 같다. 수현은 연의 얼굴을 몇 번이나 살폈다. 어쩌면 이 사람이 나를 함정에 처넣기 위해 태어난 사람인가. 부드러운 콧대도 내리깐 속눈썹도 망설이는 입술도, 뺨에 스며든 연한 복숭아꽃 색깔도 전부 나를 망가뜨리기 위한 것인가, 하고.

연이 보여준 화면은 수현의 블로그가 맞았다. 이제는 내용도 아이디도 기억이 제대로 안 나는 블로그였지만, 글 몇 자와 함께 올려둔 사진은 기억에 있었다. 제대로 각도를 맞추기 위해 조명을 세우고 삼각대를 조잡하게 만드는 등 고생이란 고생은 죄다 했던 기억이다.

"할 줄 아시는 거죠."

여자가 다시 물었다. 명백한 증거를 쥐고도 목소리에 기운이 없었다. 이것으로 수현을 협박할 수 있다는 사실을 알아채지 못하기라도 한 것처럼. 원하는 게 있다면 간절하기라도 해야 할텐데 애달픈 눈빛도 흥분한 기색도 없다. 수현은 말라붙은 시체 같은 여자를, 다만 몹시도 아름다운 연을 가만히 바라보았다.

"어떤 것 때문에 그러세요?"

결국엔 부정 대신 질문이 나왔다. 연의 눈빛에 생기가 약간 돌아오는 것 같았다가 핸드폰을 도로 가져갈 즈음에는 빛이 꺼졌다. 잠시 말이 없다가 다시 내밀어진 핸드폰에는 펫캠 CCTV 화면이 떠 있었다. 다만 비추는 건 집 안도 호텔링하는 시설도 아니고, 기계가 주렁주렁 연결된 병실 침대였다. 체구에 비해 지나치게 넓어 보이는 침대에 이제 갓 예닐곱 살쯤 되었을까 싶은 아이가 누워 있었다.

"제 딸이에요."

불길한 예감이 삐죽 돋아났다. 수현은 뒷덜미의 털이 쬐다 서는 걸 느끼며 억지로 화면에서 시선을 뗐다.

"사람을 작업하는 건 범죄예요."

아직까지도 권리에 대해 말하는 게 어색한 동물에 비

해 사람은 사람에게 감염병을 옮겨 플라스틱으로 변환시키는 건 확실한 범죄였다. 플라스틱병은 살아 있는 개체만을 변화시킨다. 사람을 작업하기 위해서는, 그 사람이 살아 있을 때 병을 옮겨야 한다는 이야기였다. 살인과 다를 게 무언가.

그러나 여자는, 연은 그제야 자신이 왜 여기까지 왔는지 상기하기라도 한 것처럼 갑자기 활달해졌다. 물러나려는 수현의 손을 덥석 쥐고는 카페 테이블 너머로 몸을 내밀며 열성적인 목소리로 속삭인다.

"작업을 해달라는 게 아니에요. 방법만 알려달라는 거지."

"그게 그거잖아요!"

"왜 그게 그거예요, 다른데. 선생님은 방법만 알려주시면 되는 건데……."

붙들어 당기는 눈이 기묘한 열기로 들떠 있었다. 빛 하나도 없이 죽어 있던 것만큼이나 기묘한 눈동자였다. 방향이 어긋난 열정을 코앞에서 바라보며 수현은 진땀을 흘렸다. 아무리 자신이 야금야금 법 테두리를 넘나드는 사람이라고 하더라도 이건 참작의 여지조차 없는 범죄였다. 여자가 정말로 제 딸을 죽여 감옥에 가기라도 하면 수현이 공범으로 잡혀갈 것이다. 그리고 '특수 수집가'들은 불똥을 맞고 수현을 욕해대겠지. 특수 수집가가 다 저런 건 아니라고, 저 새끼가 물 다 흐린다고.

거기까지 생각한 수현은 팔을 빼내려고 했지만, 어디서 그런 힘이 나왔는지 연은 손톱이 파고들 정도로 강하게 움켜쥔 채로 놓아주질 않았다. 마주 보는 눈이 번쩍번쩍했다.

"방법만요. 동물에 옮기는 거랑 사람에 옮기는 거, 비슷할 거 아니에요."

이론으로는 그렇다. 수현은 반쯤 겁에 질린 채 연을 바라보다 주변 사람들의 시선을 의식했다.

"일, 일단 진정해요. 진정하세요."

"전 진정하고 있어요."

아닌 것 같지만, 수현은 일단 고개를 끄덕였다.

"알, 려드릴 테니까 손도 놓으시고요."
"……정말 알려주는 거죠?"

그렇게 매달려놓고 수현이 또 순순하게 알려준다고 하자 눈에 의심이 돌았다. 수현은 애써 웃으며 연의 손목을 조심스럽게 밀어냈다. 연이 움켜쥐었던 자리에 손자국이 벌겋게 나 있었다.

"방법 알려드리는데…… 이거 불법인 거 아시죠."
"……."
"경찰에 들키지 않을 자신 있으세요?"

연의 얼굴이 묘하게 빛나고 있었다. 핏기가 빠져 창백한 얼굴에 눈동자만이 형형하게 빛나고 있었다. 수현은 속눈썹 아래 반짝이는 눈을 홀린 듯이 바라보다가 간신히 정신을 차렸다. 이상하다. 아무리 수현이라고 하더라도, '특수 화물'을 수집하더라도 인간을 수집하지는 않았는데. 그게 일부 악질 수집가들만이 하는 짓이라고, 자신은 건전하게 즐기고 있다고 몇 번이나 생각했었는데.

그러나 연을, 눈앞에서 불법을 종용하는 여자를 보고 있자면 그 악질 수집가들이 어째서 사람을 모으는지 이해가 될 것도 같았고…….

"아이가."

연의 목소리가 생각을 끊었다. 기이한 열기로 가득 찼던 눈이 어느새 잠잠해져 있었다. 원래 앉아 있던 테이블 건너 소파에 풀썩 주저앉은 연이 한참 숨을 색색 쉬다가 커피가 든 머그컵을 쥐었다. 반쯤 식어서 미지근해진 컵을 난로처럼 쥔 채 여자가 중얼거렸다.

"아이가 많이 아파요."

“……치료법은 없는 겁니까?”

“이제는 숨을 붙여놓는 게 고작인 걸요.”

그렇다고 해서 아이를 플라스틱으로 만들어버릴 것까지야 있나. 수현은 미묘한 심정으로 여자를 가만히 바라보았다. 내리깐 눈 앞으로 흘러내리는 머리카락과 반듯한 눈썹, 그리고 수심에 잠긴 이마 따위를. 꾹 깨문 입술과 떨리는 턱 따위를.

“남편이 죽고 나서……. 아무것도 남지 않더군요. 화장을 하고 났더니 정말로, 그 사람을 이루던 건 전부…….”

여자에게 어떤 사연이 있는지는 중요하지 않았다. 그럼에도 수현은 잠자코 이야기를 들어주었다. 기껏해야 달싹거리며 목소리가 흘러나오는 입술이 보기 좋다는 이유로. 눈물이라도 흘릴 것처럼 붉어진 눈가로 물기 하나 비치지 않고 말을 이어가는 모습이 참, 어떤 면에서는 보는 맛이 있기도 했다.

"유품을 정리하고 났더니 정말 아무것도 없었어요. 사진 몇 장 정도밖에…… 그마저도 얼마 없고."

"그렇군요."

"딸애까지 그렇게 된다면 견디지 못할 것 같아서, 저는……."

목소리가 흔들렸다. 이번에야말로 울지도 모른다고 생각했으나 연은 가볍게 심호흡을 하고서는 다시 평정을 찾았다. 가라앉은 눈동자는 그가 뱉어내는 말과 같이 무거웠고, 대신 어조는 담담했다. 스스로 무슨 이야기를 하는지 그 잔혹성을 파악하지도 못한 눈치였다. 그게 아니라면 외면하고 있거나.

"아이는 식물인간 상태예요."

"……."

"그 애도 욕창이 생기는 몸 대신 단단한 평온을 바라겠지요."

그럴 리가 있겠는가. 꼼짝없이 누워 있는 환자의 의사를 함부로 짐작해서는 안 된다는 사실은 차치하고서라도, 사람이라면 멀쩡하게 살고 싶기 마련이다. 플라스틱으로 변한다고 해서 그게 정말로 피규어나 조각상이 되는 게 아니라는 사실은 수현이 가장 잘 알고 있었다.

그렇지만, 상관없지 않을까. 눈앞의 여자는 단단한 평온을 원했다. 딸에게 주어지는 새로운 몸이 아니라 그 자신을 위한 평화를 바란다. 울지도 않고 비명을 지르지도 않았으나 광기에 한 발짝 걸쳐 있다는 사실 정도는 알 수 있었다.

그렇기에 수현은 여자를 가만히 바라보다가 다른 질문을 던졌다.

"아이가 죽고 나서는 어떻게 하시려고요."

예상대로 연은 입을 다물었다. 거의 모욕당한 듯한 낯이었다. 이 상황에서 튀어나올 거라고는 짐작도 하지 못했던 질문일 것이다. 수현은 여자의, 연의 불쾌를 알면서도 계속해서 물었다.

"딸의 시체를 끌어안고 살 건가요? 그 시신을 며칠이고 보면서 후회하지 않을 거라고 확신하세요?"

"……그런 건 선생님과 상관없지요."

억누른 음성이 흔들리고 있었다. 수현은 찰나의 망설임을 놓치지 않았다. 어떻게 해서라도 여자를 단념시키는 게 맞을 것 같았다. 꼭 완전히 포기하지 않더라도, 적어도 수현에게 매달리지만 않았으면 했다. 끌려다니다가 얼떨결에 범죄를 저지르는 일만은 사양하고 싶다.

"딸도 그런 건 원하지 않을 거예요. 차라리……."

"당신이 뭘 안다고!"

벌컥 분노가 터졌다. 여자의 무릎에 치인 테이블이 덜컹거렸다. 커피가 쏟아져 낯선 무늬를 그린다.

카페 안의 시선들이 여자와 수현을 향해 쏠렸다. 경계

와 불안이 팽팽하게 화살을 당겼다. 조금 전부터 그들의 테이블을 주시하던 직원이 데스크 너머로 나오려고 하자 여자가 낚아채듯 가방을 움켜쥐었다. 쓸데없는 짓이었어, 중얼거리는 목소리가 날카로웠다.

"됐어요. 수집가가 당신만 있는 건 아니니까."

"……."

그거야말로 수현이 원하는 일이다. 입을 다물고 있자 여자가 수현을 노려보았다. 가라앉아 있던 눈가에 분노로 빛이 든 모양이 신기할 정도로 마음을 끌었지만, 수현은 충동과 현실을 구분할 줄 아는 사람이었다. 아무리 예쁜 사람이라고 하더라도, 아니 이상형에 가깝다고 하더라도 그건 그거고 이건 이거다.

뺨이라도 얻어맞을지 모른다고 생각했으나 연은 분노에 비해서는 얌전히 자리를 떴다. 유리문이 거칠게 여닫히며 종이 정신 사납게 울렸다. 수현은 제 몫으로 시켰던 스무디를 빨며 여자가 앉아 있던 자리를 바라보았다. 그저 여자, 라고 칭하기에는 마음이 수런거린다. 그렇다고 해서 이름을 부르는 건 지나치게 친근하다.

그럴듯하게 연을 쫓아내놓고서도, 수현은 한참이나 맞은편 자리를 바라보다 몸에서 힘을 풀었다. 등받이가 낮고 다리가 높은 의자 아래로 허리가 주르륵 흘러내리려다 겨우 멈춘다. 입맛이 썼다.

"……."

아깝다. 수현은 미묘한 심정으로 눈가를 찡그렸다가 풀었다. 상황만 아니었으면, 이런 사건으로 만난 게 아니었다면 친분이라도 유지했을 거라는 생각이 어른거리다가 사라졌다. 어쩔 수 없다, 이제는. 그런 식으로 쫓아버렸으니 다시는 연락이 오지 않을 것이다. 쫓아버렸다기보다는 스스로 도망쳐버렸다는 표현이 더 맞을지도 모르겠다.

수현은 빈 의자를 한참이나 바라보다가 빨대에서 텅 빈 소리가 날 무렵에야 자리에서 일어섰다. 직원이 여전히 수현을 주시하고 있다. 따라붙는 시선을 무시한 채 자리를 뜨자 간신히, 그를 힐끔거리던 가게 안의 시선들이 끊어져 나갔다.

그대로 연락이 끝날 줄 알았는데 일주일쯤 지나자 핸드폰에 문자가 하나 도착했다. 딱 한 번 전화통화를 한 게 전부인 번호였으나, 수현에게는 어쩐지 익숙하게 느껴졌다. 며칠 내내 이유도 없이 자꾸 메일함을 들여다봤기 때문인지도 모른다.

안녕하세요. 몇 번의 메일처럼 단정한 인사 뒤에 줄을 하나 띄우고 시작하는 문자. 저를 기억하실지 모르겠지만, 라는 서두로 출발한 메시지는 단어 하나하나가 긴 망설임 끝에 골랐을 법한 것들로 이어져 있었다. 망설임과 민망함. 꺾인 자존심의 파편들. 기묘한 우월감이 가슴을 찌릿하게 울린다. 충분히 애달플 만큼 무시할 수도 있었으나, 수현은 문자를 확인하고 바로 답장을 하려 핸드폰을 들었다. 자신은 그렇게까지 악독한 사람이 아니라는 유치한 생각과 함께.

언제 만날까요. 다시 약속을 잡고 나서야 수현은 자신이 그를 도울 생각도 없으면서 같잖은 희망을 주고 있다는 사실을 알았다. 사람을 플라스틱으로 변화시키는 것은 처치 곤란한 플라스틱 덩어리를 떠안아 몰래 태워버리는 것과는 차원이 다른 범죄다. 아주 잘 봐주면 시체의 전시까지는 지자체 등에서 으레 그러하는 것처럼 인간을 재활용하는 것에 가깝다고 할 수 있을지도 몰랐지만, 제작은 아무래도 아니다. 왜 세상에 자연사 박물관은 있고 사냥감 박물관은 없겠는가.

일주일하고도 사흘 만에 다시 만난 연은 살이 급격히 내렸다. 지난 만남보다도 얇아진 손가락을 바라보며 수현은 언어로 뱉어낼 수 없는 심정을 느꼈다. 굳이 결을 따져보자면 당황과, 희미한 분노와, 기묘한 애틋함과…….

"나와주셔서 감사해요."

연의 목소리도 여전히 좋았다. 수현은 살짝 낮은 목소리가 욕실에 울리는 것을 상상했다. 빛이 퍼져나가는 모양마저도 보일 정도로 습기가 가득 찬 좁은 방 안에, 연이 웅크리고 앉아 수현에게 무엇을 속삭이는 모습을. 젖은 머리카락이 무겁게 늘어져 물방울을 하나씩 떨어뜨리는 모양을.

"저 말고 다른 수집가들은 연락을 안 받았나요?"

일부러 심술궂게 물었는데도 연에게는 모욕당하는 자의 분노도 수치도 없었다. 쓰고 매운 감정 대신에 내리깐 속눈썹 아래 싱거운 체념이 어려 있었다.

"이야기를 듣고서는 다들 거절했어요."
"저한테는 왜 다시 연락하셨어요."
"……다들 자꾸, 어디로 끌고 가려고 해서……."

대충 알 것 같은 이야기다. 특수 수집가들을 일반화하거나 악마화하려는 생각은 없지만, 수현은 그들이 꽤나 폭력적인 성향이라는 사실을 알고 있었다. 수현이 종종 들여다보는 인터넷 게시판만 해도 욕설을 제외하면 글을 한 줄도 쓰지 못하는 자들이 가득했다. 수집가 게시판에 자주 드나드는 사람일수록 폭력적인 성향이 옳을 테고, 그런 사람일수록 접근이 쉬웠을 것이다.

연이 만난 수집가들도 그런 부류일 터다. 그것을 단순히 폭력적인 성향으로 분류해도 되는지는 모르겠으나, 수현은 연이 어떤 수난을 겪었는지 어느 정도 짐작할 수 있었다.

“고생하셨네요.”

위로라기보다는 사실 적시였다. 지난번과 똑같은 스무디를 입에 물었으나 여자는 움직이지도 않고 컵을 내려다보고 있었다. 이번 주문은 수현이 멋대로 했다. 여자의 앞에는 주먹만 한 머그컵이 놓여 있었다. 어디서나 파는 싸구려 티백이 지나치게 큰 머그컵에 달랑 빠져 있다. 가격에 비해 부실한 차였다.

“커피는 안 좋아하시는 것 같아서 차로 시켰어요.”

“…….”

"뭐더라, 애플민트였던가."

지난번에 입도 대지 않은 커피보다야 이게 나을 것 같았다. 커피는 쏟아지면 치우기 곤란하지만 차는 괜찮지 않겠는가. 끈적거리지도 않을 것이고.

연은 머그컵을 한참이나 내려다보다 조심스럽게 손잡이를 건드렸다. 제법 두꺼운 머그인데도 어찌나 뜨거운 물을 부었는지 손잡이까지 열기가 전해졌다. 쥐기 힘든 손잡이를 몇 번 만져보다가 얇은 손가락이 아래 깔린 컵받침을 겨우 짚었다.

"……저번에 아이를 작업하고 나면 어떻게 할 거냐고 물으셨죠."

가벼운 호흡. 느린 간격. 연은 여전히 삶에서 한 발자국 떨어져 있는 사람처럼 굴었다. 허공에 매달린 채 자신의 목숨 줄이 타들어가는 모양을 그저 눈으로만 쫓는 사람처럼 생각해왔던 말을 천천히 뱉는다.

"아이와 함께 묻어달라고 할 생각이에요."

"……예?"

"그러면 예지도 외롭지 않겠죠."

사고를 따라가기가 어려웠다. 수현은 한 박자 늦게 예지, 가 딸의 이름이라는 사실을 깨달았다. 그러니까 플라스틱으로 변해버린 딸과 함께 무덤에 묻히겠다고, 죽어버리겠다고. 남편이 죽고 그의 흔적이 하나도 없어 슬펐다는 이야기에서 어쩌다 사고가 그렇게 비약했는지는 알 수 없으나 수현은 다른 것보다도 일단 연을 말려보았다.

"같이 죽겠다는 얘기세요?"

"아이 장례를 치르고 나면……."

"그 플라스틱병 시신은 매장이 안 되는 건 아시죠."

혹시나 해서 묻자 연의 눈이 동그래졌다. 흐리게 가라앉아 있거나 불타오르는 것만 아는 줄 알았더니 이런 표정도 할 줄 안다. 수현은 상황에 맞지 않게 새는 웃음을 억누르며 침착하게 설명했다. 썩지 않으니 매장도 안 된다고. 환경오염이니 뭐니, 자신도 제대로 이해하지 못하지만 인터넷에서 주워들은 설명들을 뱉어내며 수현은 처음으로 자신이 꽤나 똑똑해진 것 같다고 생각했다.

연은 묘한 충격과 당황이 뒤섞인 얼굴로 수현의 이야기를 끝까지 들었다. 중간에 이야기가 새서 쓸데없는 소리를 해도 심해 같은 표정으로 가만히 듣고만 있었다. 이렇게까지 열심히 들어주는 청자는 처음이어서 수현은 저도 모르게 속에 든 소리를 죄다 쏟아내려다가 간신히 멈췄다.

뺨이 달아올랐다. 가벼운 관심에 밑바닥까지 뒤집어 까놓은 기분이었다. 볼만한 구석도 없는 모양새를 흩뿌려 놓고서는 수현은 황급히 수습하려 허우적거렸다.

"그, 그러니까. 같이 매장은 힘드실 거예요. 그쪽이, 연 씨가 죽으면 예지는 정부에서 처리하겠죠."

연의 얼굴이 어두워졌다. 수현은 와중에도 제 입에서 흘러나온 이름들이 낯설었다. 친근하게 부르지도 못하고 그렇다고 해서 그쪽, 정도로 정 없이 부를 수도 없으니 택한 호칭이다. 연과 예지. 예지와 연. 얼굴 한 번 보지 못한 연의 딸이, 그의 이름을 부르는 순간에야 사람인 것 같았다. 그 전까지는 그저 막연한 개념으로만 존재하던 것이 간신히 무게로 닿아왔다.

남편을 잃고 피붙이마저 잃게 생긴 연이 그제야 어떤 심정으로 찾아왔을지, 미쳤다고 할 만한 소리를 마지막 보루처럼 끌어안고 다녔을지 막연하게나마 짐작되는 것 같았다. 딸을 치료할 방도가 없으니 차라리 보존해 끌어안고 죽겠다는 그런 마음이. 수현으로서는 짐작도 할 수 없는 심정이.

문득 수현은 연의 마른 뺨을 바라보았다. 검게 눌어붙은 피로와 우울이 연을 누르고 있었다. 식사도 제대로 하지 못했는지 일주일 사이에 살이 눈에 띄게 내려 있다. 미추에 대한 감상보다도 불쑥 마음이 아렸다.

"아이와 함께 묻히고 싶으세요?"

수현은 이게 미친 짓이라고 느끼면서도 입을 멈출 수가 없었다. 연의 눈동자가 수현을 향한다. 젊다기엔 세월이 쌓인 시선을 보면서도 수현은 그들 사이의 시간을 생각하기보다는 연에게 자신이 해줄 수 있는 것을 생각하고 있었다.

"매장은 못 해드려도 같이 보존은 해드릴 수 있어요."

"……불법이라고 하셨잖아요."

"네, 뭐. 불법이죠."

당연히 불법이다. 일주일 지났다고 불법이 합법이 되는 일은 없다. 수현은 심드렁하게 컵을 만지작거렸다. 이게 수현이 할 수 있는 마지막 호의였다. 어쩌면 정말로 자기 이상형이라고 해도 과언이 아닐 여자를 보존하고 싶은 사심에서 기인했을 수도 있고.

사람을 수집하는 특수 수집가들이 있다는 사실은 암암리에 알려져 있다. 수현은 거기까지 손을 댈 생각은 없었지만, 연이 자신의 첫 컬렉션이 되어준다면 나쁘지 않겠다고 생각했다. 적어도 서로의 동의 아래 보존 처리를 한다면 불법이라는 죄책감도 덜 수 있을 테고.

연은 혼란스러운 표정으로 수현을 바라보다가 이게 자신의 마지막 동아줄이라는 사실을 간신히 깨달았다. 상체를 내밀다 무릎에 치인 테이블이 덜컹거렸다.

"정말 해주시는 거예요?"

수현은 잠깐 마음이 복잡하게 끓어올라 눈가를 찌푸렸다가 한숨을 삼키며 고개를 끄덕였다. 이걸 진짜 한다는 게 말도 안 되는 일이다. 지금 약속하면 돌이킬 수 없다. 그런 생각을 하면서도, 내가 미쳤지 중얼거리면서도 수현은 연의 눈에 홀린 것처럼 승낙했다.

"비용은 따로 받을 거예요."
"당연하죠. 얼마 정도……."
"그건……. 음, 비용은 천천히 얘기하죠."

시세를 모르니 비용을 선불리 말하기도 애매했다. 더

군다나 지금은 비용보다도 복잡한 문제가 있다. 수현은 이마를 긁다가 연에게로 고개를 약간 기울였다.

"딸 말고 가족은 더 있어요?"

"……시어머니가 계시긴 한데, 애 아빠 죽고서는 연락을 안 해서."

"아, 음. 그러면……. 그 외에는 없고요?"

연이 고개를 끄덕였다. 수현은 난감하게 그를 바라보다가 소파에 몸을 파묻었다. 하기야 의지할 만한 가족이 있었다면 이렇게 극단적인 상황까지는 오지 않았을 것이다. 수현이 생각에 잠겨 있자 연은 초조하게 손을 움직이다가 머그컵을 움켜쥐었다. 뭐라도 쥐지 않으면 진정이 되지 않는 모양이었다.

수현은 머그컵을 쥔 손끝을 바라보았다. 약간 웃자란 손톱과 거스러미를 뜯어낸 흔적 따위가 지저분하게 남아 있었다. 초조함과 불안이 고스란히 쌓인 손이 시선을 느끼고 움찔거린다. 수현은 잠자코 연의 손을 바라보다가 겨우 고개를 들었다.

"일단 변호사를 만나보세요."

"……변호사요?"

"유언장이라든가, 유품을 처리해줄 사람이나 유산을 받을 사람을 지정해둬야죠. 거기까지 내가 해줄 수는 없으니까 법적으로 처리를 해두고 다시 오세요."

연이 혼란스럽게 눈을 깜빡이다가 천천히 고개를 끄덕였다. 막연히 작업을 하면 끝난다고 생각했던 모양이다. 수현은 좀 웃고는 냅킨에 해야 할 일을 하나씩 적어주었다. 변호사 사무실 찾아가기, 유언장 작성하기, 유품을 처리해줄 사람이나 업체 지정해두기……. 하나같이 마무리를 준비하는 절차다. 연은 냅킨을 받아들고서는 잠시 묘한 표정으로 입을 다물었다.

수현은 잠시 연을 바라보다가 눈을 내리깔았다. 갑자기 입이 근질근질했다. 담배를 피워본 적은 없지만, 흡연이 당긴다는 게 이런 기분일까.

"다 하면 다시 연락 주세요."

"……아는 변호사가 없는데."

"검색해서 찾아봐야죠. 저도 아는 변호사는 없어서."

특수 수집가에게 아는 변호사가 있을 확률은 낮기 마련이다. 저도 뭘 제대로 아는 건 아니지만, 적어도 수현은 연이 직접 하는 게 나을 거라고 생각했다. 준비하는 과정에서 마음이 바뀔 수도 있는 것이고. 연이 포기하면 그건 그것대로 아쉽겠지만, 적어도 수현의 손으로 사람을 죽이지는 않을 테니 괜찮을 것도 같았다.

연은 한참이나 냅킨을 바라보다가 문득 고개를 들었다. 지금까지와는 다르게 퍽 연약한 표정이다.

"……같이 다녀줄 수 있나요?"

"……."

믿을 사람이 그렇게나 없나. 수현은 신뢰할 사람이 없어 겨우 두 번 만난 수집가에게 도움을 요청하는 연을 몹시

심란하게 바라보았다. 삶에 얼마나 기댈 곳이 없으면 이런 사람에게 손을 뻗나. 마음이 동하기보다도 먼저 안쓰럽다. 와중에 그를 거절할 마음이 들지 않는 걸 보면 수현도 그리 바른 사람은 아니었다.

아니, 바른 사람일수록 이런 요청을 거절하지 않는 법인가. 그렇지만 사심이 있는 상태에서 거절하지 않는 것이야말로……. 머리가 더 복잡해지기 전에, 수현은 고개를 끄덕였다.

"변호사 사무실 갈 때 연락해주세요."

"……."

"아니면 같이 찾아드려요? 괜찮은 데가 있으려나."

연의 얼굴이 환해졌다가 자신이 꽤나 폐를 끼치고 있다는 사실을 자각했는지 다시 조심스러워졌다.

"그러면 고마운데, 너무 번거로우면 하지 않아도 돼요. 내가 찾아볼 테니까……."

"됐어요, 어차피 요즘은 일도 없어서 한가하니까."

일이라고는 해도 특수 물류 관련한 물품들을 사고파는 게 전부였다. 수현이 운영하는 작은 쇼핑몰에는 찾아오는 사람이 한정되어 있었고, 그만큼 일도 많지 않았다. 한 번에 많이 사가는 사람이 제법 되어서 간신히 입에 풀칠은 할 수 있을 정도라는 게 다행일 정도였다.

수현이 대충 손을 내젓고 핸드폰으로 변호사 사무실을 검색해보았다. 가볍게 검색만 해도 정보가 우수수 쏟아져 나왔다. 그중 가장 가까운 몇 군데를 북마크해둔다.

"그럼 다음 주 월요일 어떠세요."

"월요일……. 괜찮아요."

"괜찮은 사무실 찾으면 저한테 연락 주세요. 제 번호 아시죠."

변호사가 거기서 거기지, 하면서도 기왕이면 평이 괜찮은 곳을 찾아가야 하지 않겠는가. 연은 수현이 하는 말이라면 뭐든 고개를 끄덕였다. 머그컵을 꼭 쥔 채로 수현이 구원자라도 되는 것처럼 신뢰가 가득한 표정으로 바라보는 바람에, 수현은 그만 웃음을 터트려버렸다.

"제가 연 씨한테 사기 치려는 거면 어쩌려고 그러세요."

농담으로 던진 말이었으나, 연은 웃지 않았다. 수현이 머쓱하게 웃음을 거두는 동안 연은 느리게 생각을 정리하더니 고개를 끄덕였다.

"괜찮아요."
"……네?"
"일만 확실히 해주시면 돈은 어떻게 해도 상관없어요."

그러니까 그 일을 확실히 하지도 않고 돈만 뜯어내면 어떻겠냐는 소리였는데. 수현이 미묘하게 입을 다물었다. 연은 잠자코 수현을 바라보다가 간신히 처음으로 웃음 비슷한 것을 보였다.

"이렇게까지 도와주는 것도 선생님이 처음인걸요. 다들 거절하거나 이용하려고 했으니까……."

보통은 그렇다. 제대로 된 특수 수집가라는 건 제대로 된 네크로필리아와 비슷한 소리였다. 그런 게 존재할 리가 없고 존재해서도 안 된다. 수현도 결국엔 비슷한 부류였으나, 수현은 연의 환상을 깨는 대신 한참을 침묵하다 다른 소리를 했다.

"이름 부르세요. 선생님이라고 하지 말고."

열 살은 더 많은 사람에게 선생님 대접을 받는 것만 해도 불편한데, 불법적인 일을 저지르면서 신뢰 가득한 시선을 받자니 가슴이 따끔거렸다. 수현의 말에 연의 눈이 잠시 동그래졌다가 이내 부드러운 웃음이 새어 나왔다.

"네, 수현 씨."

그때서야 수현은 생각했다. 삶에서 잘못된 선택을 한 게 한두 번이 아니었지만, 이번에야말로 정말로 상황이 돌이킬 수 없게 된 게 아닐까, 하고.

♺ ✳ ⧗

상담료만 가볍게 백을 넘기고 나서야 수현과 연은 일을 맡길 변호사 사무실을 결정할 수 있었다. 몇 개의 사무실을 전전하는 내내 교통비와 상담료는 일체 연이 지불했다. 입은 옷을 보면 그렇게 넉넉하지 않은 모양인데도 지갑이 쉽게도 열렸다. 끝을 얼마 남기지 않았기 때문인지도 모른다.

마침내 유언장을 작성하고 나서 새삼 심란해졌는지 연이 한참이나 종이를 내려다보았다. 유언 작성에는 증인이 필요한 까닭에 얼떨결에 끌려들어간 수현에게도 같은 종이가 있었다. 본인에게 한 장, 변호사에게 한 장, 증인에게 한 장. 같은 내용을 세 명이 고르게 나눠 갖고 법적 공증까지 마치는 데까지는, 고민한 게 우스울 정도로 시간이 얼마 걸리지 않았다.

바르게 작성된 몇 줄의 유언. 유품의 처분을 맡기는 한 줄과 유산에 대해 말하는 한 줄, 그리고 빚에 대해 말하는 한 줄. 수현과 주고받았던 두어 번의 이메일처럼 유언마저도 반듯했다. 종이 끄트머리에 쓰인 연의 이름마저도 주인을 닮아 있었다. 힘주어 꾹꾹 눌러 쓴 서명을 보며 수현은 증인란에 제 이름을 적었다. 위아래로 나란히 늘어선 이름이 어쩐지 간지럽다.

돌아가는 길에는 지하철을 탔다. 아직도 해가 환한 창바깥으로 나무가 스쳐지나가고 터널의 어둠이 차량을 집어삼켰다가 뱉었다. 덜컹거리는 소음이 인다. 한낮에 지하철을 탄 사람은 얼마 없어서 연과 수현은 나란히 앉았다.

"이렇게 돌아다닌 건 오랜만이네요."

연이 조용히 중얼거렸다. 수현이 들으라고 하는 말이 아닌 것 같았지만, 그렇다고 해서 못 들은 척할 만한 목소리도 아니었다. 수현이 몸을 약간 기울이며 네, 하고 되묻자 연이 약간 민망하게 어깨를 움츠렸다.

"……바깥에 돌아다니는 일 자체가 간만이에요."

"저 찾으러도 오셨잖아요."

특수 수집가들을 만나러 부지런히 돌아다녔을 텐데도. 그러나 연은 눈을 깜빡이다가 천천히 고개를 저었다. 무엇에 대한 부정인지는 모르겠으나 수현은 지하철 소음을 피해 연에게로 고개를 조금 더 붙였다. 굳이 그러지 않아도 됐을지는 모르겠으나 적어도 연의 목소리는 또렷하게 들렸다.

"수현 씨와 만나기 전까지는 정말로 집과 병원만 오갔는걸요. 그 전에는 장례를 치르느라 바빴고……."

"……."

"……아이가 손을 많이 타서……. 지금은 간병인을 쓰고 있어요."

직접 간병하지 않는 게 부끄러운지 얼른 붙은 설명은 변명에 가까웠다. 식물인간 상태라고 하지 않았던가. 열은 의문이 떠올랐으나 수현은 그것을 입 밖으로 내지 않을 정도의 예의는 지니고 있었다. 수현은 병간호에 대해서는 잘 모른다. 환자를 돌보는 사람들이 어떻게 지쳐가는지도 모른다. 그러나 눈앞의 연을 보고 있자면 간병이라는 것이 정말로 사람을 닳게 만드는 것 같았다.

그림자만 남은 사람이라는 게 이런 것일까. 연의 존재감은 아주 엷었다. 들어온 햇빛에 의자가 비쳐 보일 것 같았다. 수현은 연의 옆얼굴을 가만히 바라보았다. 희다 못해 창백한 얼굴에 연한 주름과 얼룩 몇 개가 남아 있었다. 나이보다 더 오래된 것 같은 손을 움켜쥐자 연의 눈이 방향을 돌린다. 수현은 연의 손을 잡아끌었다. 이번 정거장은 미도, 미도 역입니다…….

"여기서 내려요."

"네? 어, 여기서요?"

"빨리요, 문 닫힌다."

억지로 당기자 연이 당황스러워하면서 황급히 가방을

쥐고 수현의 뒤를 따랐다. 얼떨결에 플랫폼에 발을 딛기가 무섭게 등 뒤에서 지하철 문이 닫힌다. 수현은 한 손에는 연의 손목을 쥐고, 다른 손으로는 핸드폰을 만지작거렸다. 앞도 제대로 보지 않고 인기척이 없는 계단을 성큼성큼 걸어 내려가자 연이 어리둥절해하며 뒤를 따랐다.

"어디 가는 거예요?"
"잠시만요."

가벼운 양해를 구하자 연이 순순히 입을 다물었다. 수현은 웃음이라도 터트리고 싶었다. 사람이 잡아끄는 대로 얌전히 따라오면서 의심할 생각도 안 하고, 이렇게 물러서 어떻게 살아갈 거냐고 묻고 싶었다. 그러다가도…… 그래, 당신은 삶에서 벗어나길 원하지, 하는 생각이 들면 간지럽던 뺨이 순식간에 차가워졌다.

어디에나 있을 법한 프랜차이즈 카페의 문을 열고 들어섰다. 연은 키오스크 주문 방식도 당황스러워했다. 수현이 아무거나 골라보라고 기계 앞에 세웠더니 한참이 지나 초기 화면으로 돌아갈 때까지 고르질 못하기에 수현은 몇 번이나 화면을 다시 켜주었다. 길을 잃은 것 같은 연의 반응을 보다가 수현은 제 몫으로 음료를 하나 골랐다.

"시즌 한정 딸기민트 스무디래요. 맛있겠다."
"그럼 저도 그걸로……."

동아줄이라도 발견한 것처럼 냉큼 따라붙은 말이 눈치를 보며 흐려진다. 수현은 웃음을 삼키며 스무디를 두 잔 담고 조각 케이크도 하나 추가했다. 연이 머뭇거리며 지갑을 꺼내려 하는 모양을 못 본 척하고 수현은 제 카드로 결제했다. 영수증이 찌지직, 하고 길게 늘어진다. 얇은 종이를 끊어 쥐고 빈자리 중 하나를 골라 앉고 나서야 연이 다시금 질문했다.

"……목말랐어요?"
"네, 뭐."

수현은 성의 없이 답하고는 냅킨을 한 움큼 꺼내 왔다. 연의 눈이 동그래졌다. 수현은 연에게 반을 나눠주고, 나머지 반은 제 주머니에 밀어 넣었다. 청바지 주머니가 금세 부풀어 올랐다. 연이 놀란 눈을 깜빡이며 냅킨 뭉치를 쥐고 있는 게 퍽 마음에 들었다.

"카페, 자주 와요?"

아무리 그래도 카페 자체를 안 오지는 않겠지. 이런 데 온 적 있냐는 말을 조금 순화해 묻자 연이 느리게 고개를 흔들었다. 그럴 줄 알았다.

"딸기는 좋아해요?"
"……좋아하죠."
"민트는?"
"그냥 그래요."

그럼 왜 딸기민트 스무디를 시킨 건가. 눈치를 보니 정말로 얼떨결에 따라서 주문한 모양이었다. 수현은 테이블을 손끝으로 툭툭 두드리다가 보란 듯이 씩 웃었다.

"이번 신상 음료 맛있대요."

"수현 씨, 지금 뭐 하는 건지 저는……."

"어제 나와서 나도 아직 안 먹어봤거든요. 연 씨도 안 먹어봤겠네."

연이 입을 다물었다. 이해할 수 없다는 시선으로 수현을 바라본다. 수현은 아무렇지도 않게 진동벨을 쥐고 음료를 받아왔다. 분홍색 스무디 두 잔에 하얀 케이크 한 조각을 내려놓자 연의 표정이 복잡해졌다.

"일단 먹어요."

"……."

수현이 시범이라도 보이듯 스무디를 빨아들였다. 차가운 얼음 조각이 두통을 일으키는 탓에 얼굴을 구기자 연이 헛웃음을 지었다. 수현은 이마를 문지르며 연의 앞에 스무디를 바짝 밀어주었다.

"마무리를 하더라도 해볼 수 있는 건 다 해보고 가야죠."

"……."

"갈 때 미련 안 남게 얼른 먹어요. 나중에 사달라고 하면 안 사줄 거니까."

당연히 사줄 테지만, 일부러 과장되게 으름장을 놓자 연이 어이없다는 듯 바라보았다. 그나마 긴장은 풀렸는지 빨대를 물고 스무디를 삼키는 모양이 퍽 온순했다. 수현은 조금씩 줄어드는 스무디를 바라보다가 연이 이마를 감싸쥐자 웃음을 터트렸다.

"천천히 마셔야죠."

"……으."

안 그래도 창백한 얼굴이 파랗게 질려 있었다. 수현은 웃으며 연에게 포크를 쥐여주었다. 반사적으로 케이크를 바라보았다가 연이 수현을 응시했다. 이마를 감싸쥔 손바닥 아래로 머리카락이 흐트러져 있었고, 무슨 생각을 하고 있는지 모를 눈동자가 빛난다. 지하철에서보다, 어제보다, 지난주보다 더 환하게…….

이대로 이 사람이 삶에 미련을 가지는 것도 좋겠다. 수현은 시럽 맛이 나는 음료를 빨며 연과 눈을 맞췄다. 매분 매초 밝아지고 서늘해지는 얼굴을 고작 플라스틱으로 굳혀 두기에는 아깝지 않은가. 웃는 얼굴도 우는 얼굴도 아름다워 고르기 힘들다. 영원에 박제해두기에는 시선을 돌리는 순간마다 반짝거리는 눈동자가 아쉬웠다.

연에게는 삶도 행복도 더 이상 의미가 없을지 모른다. 어쩌면 지금 이렇게 억지로 끌고 다니는 것도 그에게는 불편한 일일지도 모른다. 그러나 그렇다고는 해도 수현은 어쩐지 상관없을 것 같았다. 가만히 바라보고 있자 연이 시선을 돌리고 다시금 스무디를 빨았다. 이번에는 두통이 없었는지 안심한 듯 웃는다.

작은 숨소리와 함께 올라가는 입꼬리. 벌어지는 입술 사이로 얼핏 보이는 이와 혀끝.

수현은 그것만으로도 괜찮을 것 같았다. 연이 웃는다. 죽음도 병도 잊어버린 사람처럼. 수현은 그 웃는 얼굴을 보는 것만으로도 좋았다.

♺ ✳ ⧗

작업 전에 준비해야 할 것은 많지 않다. 유언장과 사후 대비, 그리고 대상자. 이 경우에는 아이, 그러니까 예지를 퇴원시켜야 했다. 그 외의 준비는 수현의 특수 화물 취미 덕분에 이미 갖춰진 상태다. 바이러스라든가 장식장이라든가 작업 공간 따위들.

예지를 퇴원시키는 절차는 유언장과 달리 한두 시간 만에 끝낼 수 있는 게 아니다. 카페에서 나왔더니 병원 상담 시간이 이미 끝난 뒤이기도 했다. 노을이 지는 낯선 거리를 걸어 지하철역으로 돌아가다가 수현은 문득 연을 돌아보았다. 연은 아직도 스무디를 다 마시지 못한 채였다. 빨대로 휘적거리는 컵 안에 반투명하게 녹은 액체가 출렁이고 있었다.

"작업실 보러 오실래요?"

충동적으로 내뱉고 나서야 수현은 자신이 무슨 소리를 했는지 깨달았다. 작업실이라니, 혼자 사는 20대 여성이 어떤 돈이 있어서 공간을 따로 마련하겠나. 그나마 그럴듯하게 보이려고 작업실, 이라고는 했으나 결국에는 원룸이다. 수현은 무슨 속셈도 없었으면서 괜히 뜨끔해서 변명을 덧붙였다.

"작업 과정이 어떻게 진행되는지 알면 그, 연 씨도 마음이 좀 놓일 거잖아요. 달라질 건 없지만, 아마도."

제가 무슨 소리를 하는지도 모르며 수현이 횡설수설했다. 연의 침묵이 두려웠다. 약간 커진 채 바라보는 눈동자도, 비스듬하게 벌어진 입술도. 언젠가 연이 털어놓았던 이야기가 하필이면 지금 떠오른다. 다른 수집가들은 자꾸만, 어디로 끌고 가려고 했다는, 그런 이야기. 그래서 수현에게 다시 왔다고 속삭이던 목소리.

죄책감이 불쑥 눈을 흐리기 전, 연이 웃었다. 아무렇지도 않고 두렵지도 않은 웃음이다.

"가요."

"……괜찮아요?"

연은 잠시 침묵했다가 수현의 팔꿈치 부근을 두드렸다. 손목 주변에서 머뭇거리던 손이 얌전히 내려갔다.

"괜찮아요."

수현은 다시금 걷기 시작하고 나서야 연이 제 손을 잡으려 했는지도 모르겠다고 생각했다. 손목에 햇볕을 닮은 체온이 언뜻 머물렀다가 날아갔다. 손끝이 어쩐지 지끈거렸다.

수현이 도망치지 않고 연이 달아나지 않으며 도착한 집은 손님을 맞을 준비가 되어 있지 않았다. 수현은 의자에 걸린 옷가지를 옷장에 대강 쑤셔넣고 연을 그 위에 앉혔다. 수현의 취미는 오래 이어진 것에 비하면 컬렉션이 크지 않았지만 관리만큼은 철저하게 되어 있었다. 연은 문을 들어서서 초라한 의자에 앉는 순간까지 벽 한쪽을 채운 장식장에서 눈을 떼지 못했다.

플라스틱과 철제 프레임으로 이뤄진 조립형 장식장이다. 높이는 수현의 키보다 조금 컸고 너비는 양팔을 전부 벌리면 끌어안을 수 있을 만한 것이다. 전체적인 크기는 그랬고, 조립된 각각의 칸은 손으로 들 수 있을 만큼 작았다. 기껏해야 양손을 펼쳤을 때 넉넉히 들 수 있는 정도. 수십 개의 칸마다 아주 작거나 섬세한 플라스틱 조형들이 채워져 있었다.

“저는 소형 화물 위주로 취급하고 있어요.”

보다시피, 하고 장식장을 손짓했으나 연은 설명을 듣

기도 전에 홀린 듯이 바라보고 있었다. 칸마다 자그마한 생명이, 생명이었을 것들이 순간을 굳혀둔 것처럼 멈춰 있었다. 시간을 멈출 수 있다면 꼭 이런 모습과 같을 것이다.

"몇 개는 그냥 수집품이지만, 나머지는 제가 만들었어요. 예를 들어서 이쪽에 있는 담비 표본 같은 경우에는……."

수현은 또 그 시선에 열없이 들떴다. 자랑거리를 붙잡은 어린애처럼 말이 빨라진다. 장식장에 연결된 조명을 켜자 연이 탄성을 터트렸다. 수현은 그게 좋아서 어깨까지 으쓱여가며 하나하나 설명을 늘어놓았다. 어떤 것은 살아 있는 것부터가 구하기 힘들었고, 어떤 것은 이미 작업이 반쯤 진행된 상태로 왔으며, 어떤 것은 작업이 유독 힘들었고, 어떤 것은…….

이야기를 늘어놓던 수현이 불현듯 입을 다물었다. 혓바닥이 껄끄러웠다. 조명 앞에 앉아 환하게 눈을 깜빡이는 연을 보며 할 설명은 아닌 것 같았다. 연이 아무것도 모르는 사람이었다면, 연이 어떤 연관도 없는 사람이었다면 또 몰라도 이제 그는 며칠 내로 작업에 들어가야 할 대상이지 않는가. 연을 위한 장식장을 마련해야 할 것이다. 손바닥만 한 작은 플라스틱 공간에 연을 구겨 넣을 수는 없다.

수현은 갑자기 그토록 열을 올렸던 수집품들이 역겹게 느껴졌다. 새삼스럽게 양심이라든가 윤리의식이 생긴 것은 아니다. 그저 그것들이 아무 의미도 없는 것 같았다. 죽고 난 뒤의 몸을 아름답게 꾸며서 올려놓은 것들. 숨을 쉬지도 웃음을 보이지도 뺨을 붉히지도 않는 것들…….

"수현 씨, 괜찮아요?"

연의 걱정스러운 시선이 닿았다. 수현은 그 시선이 닿은 곳에서부터 들불 같은 고통이 스미는 듯했다. 뺨이 느닷없이 뜨거워졌다. 제게는 퍽 자랑스러워 하나씩 내어놓은 것들이 알고 보니 상대에게는 의미도 없고 그럴듯해보이지도 않는다는 사실을 깨달은 것만 같다. 조각나 흩어진 파편을 쥐고 예쁘지 않느냐며 자랑하는 꼴이다. 결국 온전하지도 않은 것을 그럴듯하게 전시해둔, 우스꽝스러운 꼴.

"……연 씨."

꼭 당신을 작업해야 하나요? 그런 물음이 혀끝에 맴돌았다. 식물인간으로 누워 있는 아이를 작업하고, 그리고 슬픔에 젖은 당신을 작업해 세워두고 나면, 그러면 내게는 도대체 뭐가 남는 건지. 방 한쪽에 조명을 켜고 하얗게 굳어버린 당신에게 옷을 입혀 전시를 해둔다 해도 오늘 내내 보았던 광경을 재현하지는 못할 텐데.

어디에나 있는 프랜차이즈 카페의 커다란 창으로 햇빛이 들고, 미지근해진 스무디가 일회용 컵 안쪽에서 느리게 흘러내리고, 그리고 연이 웃고 있는 그런 광경은 다시는 보지 못할 텐데도. 수현의 침묵이 길었다. 당황에서 출발한 연의 시선이 천천히 다른 빛깔로 바뀌어갈 때 즈음에야 간신히 침묵이 깨졌다. 연의 핸드폰이 진동하고 있었다.

전화가 걸려온 화면에 병원 이름이 떠 있다. 연의 표정이 순식간에 바뀌었다. 수현은 곧바로 연의 관심에서 내던

져지는 순간을 가만히 지켜보았다. 얼마나 동요했는지 한 번에 전화를 받지도 못하는 손이, 간신히 핸드폰을 움켜쥐고 귀로 가져갔다. 여보세요, 받는 목소리는 언젠가 수현이 들었던 것처럼 물기 어린 울림이다.

"예지한테 무슨 일 있나요?"

수현은 간신히 그 울림이 그저 연의 절망이라는 사실을 알았다. 부드러운 습기와 어렴풋한 흔들림과 흐트러지는 호흡과…… 연은 완전히 동요했다. 핸드폰을 붙잡고 귀를 기울이던 연이 대화를 마무리하지도 못하고 벌떡 일어났다. 얼마 전까지는 혈색이 돌아와 있던 뺨이 창백하게 질려 있었다.

"바로 갈게요."
"무슨 일이에요?"
"수현 씨."

전화가 끊어지고도 수현은 연의 관심에 들지 못했다. 이름을 부르면서도 연은 부산하게 무엇을 찾고 있었다. 들어오면서 벗어둔 겉옷을 허둥지둥 집어 든 연이 수현의 팔을 움켜쥐었다. 마른 손가락이 덜덜 떨리고 있었다.

"택시 좀 불러주세요."

"병원으로 가요?"

"빨리요."

좋지 않다. 수현은 앱을 켜서 택시를 부르면서 작업 장비를 챙겨야 하나 고민했다. '작업'은 대상이 살아 있을 때에만 해야 한다. 정확히 무슨 일인지 듣지 못했지만 아이의 생사에 문제가 생긴 건 확실했다.

그러나 제대로 장비를 챙기기도 전 연이 팔을 잡아끌었다. 1초라도 기다릴 수 없어서 바깥으로 튀어나가려는 연을 붙들고 신발을 신기고 나서야 수현은 장비를 챙기지 못하고 나왔다는 사실을 깨달았다. 그러나 어쩌겠는가. 택시는 코앞에 와 있고 연은 기다릴 수가 없다. 오히려 동요하지 않는 수현이 더 이상하게 느껴졌다. 오히려 머리가 차게 가라앉는 것을 느끼며 수현은 택시 기사를 재촉했다.

붙잡은 손이 떨린다. 정작 연은 손을 마주 잡은 줄도 모르는 것 같았다. 수현의 손을 아플 정도로 붙잡은 채 연이 계속해서 남은 거리를 확인하고 시간을 확인했다. 빨리 가주세요, 빨리요, 저희 딸이 거기에 있어요……. 수현은 어쨌거나, 연이 미치지는 않았다고 생각한다. 아이를 플라스틱으로 만들어버리고 싶다는 소리를 했더라도, 식물인간 상태의 아이를 돌보는 게 지쳤더라도 어쨌든 딸이 죽는 것만큼은 원하질 않는 것이다.

그게 당연한 일이다. 연은 그저 지쳐버렸을 뿐이다. 제대로 식사를 하고 잠을 자고 사람을 만났더라면 그런 생각은 하지 못했을 것이다. 수현은 그저 연의 틈을 파고들었을 뿐이고, 그 틈이 없었더라면 그들의 삶은 어떤 접촉점도 없었을 것이다.

아이는 갑작스러운 심장 발작이 왔다고 했다. 수현은 병원에 도착해서야 아이의 온전한 이름을 알았다. 강예지. 10대 중반이라고 쓰여 있었으나, 흰 천을 뒤집어쓴 몸은 그보다 훨씬 작았다. 비명처럼 울부짖는 연의 곁에서 수현은 갈비뼈가 부서진 시신을 가만히 보고만 있었다. 몇 번이나 심폐소생을 시도하다 못해 뼈가 부러지고 망가져버린 시신은 얼굴만큼은 깨끗해서 꼭 잠든 것 같았다. 눈을 감은 말간 얼굴이 언제라도 눈을 뜨고 수현을 비난할 것 같았다. 당신이 엄마를 그런 곳에 데려가지만 않았어도 괜찮았을 거라고. 시체들을 모아둔 방에 새로운 것이 추가되었을 것이라고.

그것이 과연 비난인가? 수현은 혼란스럽게 연을 내려다보았다. 울부짖는 목소리가 너무나도 날것이라 오히려 현실감이 없었다. 그렇게나 조용하고 심약해 보였던 사람에게서 터져 나오는 소리라고는 믿기지 않을 정도였다. 차라리 살을 저며 내어도 이런 비명은 나오지 않을 것이다.

수현에게는 와닿지 않는 비극이다. 처음 보는 아이의 죽음은 슬프기보다는 거부감을 불러일으켰다. 그러나 연은 슬퍼했고, 고통스러워했고, 수현이 죄책감을 느낄 정도로 울부짖었으며…….

연이 수현의 소매를 움켜쥐었다. 소매 아래의 팔이 긁

힐 정도로 거친 손길이다. 망가진 눈이 깜빡이다가 수현을 담았다. 입이 벌어졌다가, 아무 소리도 내지 못하고 닫힌다. 수현은 자신이 무슨 일을 하는지도 모르며 연을 끌어안았다. 비명을 끌어안은 것 같았다. 품 안에 움켜쥔 연이 계속해서 녹아내리고 흘러내렸다.

"작업해주세요, 선생님."

갈라진 목소리가 중얼거렸다. 대답을 원하는 건지 아닌지도 불확실했다. 수현이 아무 말도 없자 거친 목소리의 여자가 다시금 속삭였다.

"예지가 저기 있잖아요. 사라지지 않게 해주세요. 저 아이까지 사라져버리고 나면 저는."

저는. 그 뒤에는 무슨 소리가 나오는 걸까. 수현은 덜컥 두려워져서 필요 이상으로 단호하게 이야기했다.

"이미 늦었어요."

떨림이 멎었다. 수현은 촉감마저 느껴지지 않는 몸을 끌어안으며 제 품 안에 연이 존재했으면 하고 바랐다. 연은 지금 아무 데도 없는 것 같았다. 어디에도 연이 없었다. 비명과 울음과 고통만이 그 자리에 있었다.

"작업하기엔 늦었어요."

"아."

"숨이 붙어 있는 상태여야만……."

잠시 멎었던 울음이 다시금 짐승의 것처럼 느리게 흘러나왔다. 죽은 아이의 몫까지 전부 쏟아내려는 것만 같았다. 수현은 축축한 비명을 끌어안은 채로, 지금까지 살아오며 가장 명백하게 살아 있는 여자를 안은 채 문득 깨달았다. 자신이 사랑한 것은, 사랑에 빠져버린 것은, 어쩌면 이 여자의 그림자일 뿐이라고. 희미하게 흔들리는 촛불의 그늘 같은 사람을 사랑했던 거라고. 생명을 간신히 품고 있는 죽음이었더라고…….

연은, 수현이 사랑한 여자는 고통에 헐떡이고 있다. 수현은 간신히 그에게서 생을 보았으나 그마저도 꺼져가고 있었다. 수현이 모든 것을 감당하고 끌어안을 작정도 하지 못하게 연이 속삭였다.

"그럼 날 작업해주세요."

"연 씨."

품 안의 축축한 고통이 고개를 저었다. 아무것도 듣고 싶지 않다는 것처럼.

"더 이상은 못 하겠어요."

이제는 완전히 지쳤다고, 연이 모든 생을 짜내어 속삭였다.

"날 작업해주세요, 선생님……."

수현이 그를 거절할 수 있을 리가 없었다.

도망치지도 못한 채 수현이 고개를 끄덕였다.

♺ ✳ ⧗

당연하다면 당연하지만, 수현은 연을 곧바로 작업할 수는 없었다. 다른 것보다도 우선 예지의 장례를 치러야 했다. 병사로 죽은 아이의 삼일장을 치르는 동안 많은 사람이 오갔다. 작년까지만 해도, 병상에 눕기 전까지만 해도 예지와 같은 학교를 다녔다는 아이들이 와서 울었고, 연의 사촌과 친척들이 오갔다. 남편이 죽은 뒤로 연락이 끊겼다는 시댁 식구들도 몇 명이 방문했다.

수현은 연과 함께 장례식장을 지켰다. 그래야 할 것 같았다. 그대로 놓아둔다면 연은 앉은 자리에서 그대로 햇빛에 녹아버리듯 사라질 것 같았다. 연은 사람들이 오가는 동안에도 반응이 거의 없었다. 앉았다가 일어날 기력도 없는지, 아니면 정신이 없는 건지, 예지의 사진이 놓인 영좌 앞에 멍하니 앉아만 있었다. 어지간한 일은 연 대신 수현이 처리했다.

발인이 끝나고 나서야 연은 천천히 정신이 드는 모양이었다. 아니면 너무도 가라앉은 탓에 아무 슬픔도 느끼지 못하게 되었는지도 모른다. 예지는 화장을 하게 되었고, 수현은 화장장으로 들어가는 작은 몸을 바라보며 연을 의식했다.

"연 씨."

부름에도 달리 반응이 없다. 수현은 연이 듣고 있기를 바라며 물었다.

"좀 괜찮아요?"
"……."
"계속 식사도 안 하고 잠도 안 잤잖아요."

안 그래도 마른 팔이 더 얇아져 있었다. 갈아입지도 않은 니트 아래로 공간이 너무 남아서 바람을 뭉쳐놓은 것 같았다. 니트 위로 상복을 걸쳤는데도 옷이 끼질 않았다. 뺨이 날카로워진 옆얼굴을 바라보다가 수현은 연의 팔뚝을 부드럽게 잡아끌었다. 유족들이 대기할 수 있도록 마련된 관망실로 이끌어가는 중에도 연은 저항하지 않았다. 의지라는 게 남아 있지 않은 사람처럼.

이름을 불러도 반응하지 않는 자를 곁에 두고, 수현은 화장이 끝나기를 기다렸다. 작은 몸이어서 불길에 집어삼켜지는 데도 시간이 덜 들 줄 알았건만 아이를 완전히 태우는 데에는 한 시간이 넘게 걸렸다. 시계가 느리게 돌아가다가 수골실로 와달라는 안내가 뜨는 순간에는 멈춰버린 것 같았다.

작은 몸은 더 작아져 있었다. 한 품에 들리는 유골함을 들고 연이 느리게 눈을 깜빡였다. 자신이 어떤 과정을 거쳐 이것을 안았는지 되짚어보는 것 같았다. 수현은 지난 며칠 동안 그래왔듯이 익숙하게 직원들에게 인사를 건네고 연을 이끌었다. 둘 다 운전을 못하는 탓에 지하철역으로 걷는 걸음이 느리다.

"집에 둘 거예요? 묻는다거나, 장지라거나……."

"……."

유골함을 끌어안고 살 수는 없을 것이다. 집 안에 유골함을 두고 살 수도 없는 노릇이고. 수현이 물어도 연은 멍하니 눈만 깜빡이다가 노을이 발치를 데우는 모양을 내려다보며 입을 열었다.

"이젠 다 된 것 같아요."

네? 되묻기도 전에 연이 차도로 걸음을 내디뎠다. 달려오던 차량이 날카로운 소리를 내며 아슬아슬하게 스쳐지나갔다. 수현은 기겁하며 연의 팔뚝을 움켜쥐었다. 인도로 잡아 끌어올리려는데 힘이 어디서 솟아나온 건지 저항하는 몸짓이 만만치 않았다.

"미쳤어요?!"

거의 질질 끌다시피 해서 인도로 올리고 나서야 연이 수현을 바라보았다. 숫제 노려보는 시선이다. 원망과 분노가 어린 시선에 수현이 말을 잃은 사이 연이 수현을 밀쳤다. 그래 봤자 며칠을 굶은 사람의 힘이라 몸이 잠깐 흔들리고 말았을 뿐이다.

"나, 좀 내버려둬요!"

외치는 목소리가 형편없이 갈라져 있었다. 수현은 얼얼한 배신감에 대꾸도 못했다. 내가 당신에게 뭘 했다고 이러나. 와중에 연은 자꾸만 차도에 뛰어들려 드는 통에 수현이 충격에 빠져 있을 겨를도 없었다. 끌어안다시피 해서 경계석 안쪽으로 당기자 뒤축이 쓸려 신발이 벗겨진다. 양말도 안 신은 발이 보도블록에 긁혀 상처가 남았다.

"됐다니까, 이젠. 나는 더 살기도 싫어, 나는……. 놔둬요, 그만둘래."

"정신 좀…… 연 씨!"

도로변에서 실랑이를 벌이고 있자 지나가는 시선이 달라붙었다. 꺼리는 시선과 은근슬쩍 핸드폰을 꺼내 드는 사람들을 애써 무시하며 수현은 이를 악물었다. 간신히 수현은 터무니없는 소리를 꺼낸다.

"내가 당신 작업해준다고 했잖아요! 약속했으면서 여기서 이러기예요?!"

"……무슨, 그건 예지가, 예지를……."

예지와 함께 영원히 보존해준다는 그런 약속이었다. 그걸 약속이라고 불러도 될까 싶지만, 적어도 계약금을 받았으니 비슷한 것이라고 칠 수는 있을 테다. 연이 동요하는 틈을 타 수현이 재빨리 속삭였다.

"죽을 거면 다른 데서 하자고요. 네?"

"……."

"아프지 않게 갑시다. 깨끗하게. 당신도 예지가 더러워지는 건 싫잖아요."

이건 거의 협박이었다. 품에 안고 있는 유골함을 들먹이고 나서야 연의 저항이 잦아들었다. 수현은 연이 울고 있을 것이라 생각했으나 고개를 든 창백한 얼굴에는 물기가 없었다. 차고 잔인한 약간의 빛이 눈동자에 깃들어 있을 뿐.

"……가요."

"연 씨."

아주 부드러운 목소리. 언젠가 들었던 습기 어린 울림. 수현은 간신히 연이 몇 시간만이라도 더 살고자 함을 알았다. 오로지 품 안의 절망을 더럽히지 않기 위해서. 기묘한 안광은 그 탓이다. 삶을 결심한 것도 아니고 죽음을 각오한 것도 아닌 눈을 보며 수현은 새삼스럽게 자신이 그와 사랑에 빠졌음을 알았다. 그게 아니라면 이 고통도 배신감도 절망조차도 설명할 수가 없었기 때문에.

그리하여 수현은 연의 숨을 끊기로 결심했다. 그래야만 했다. 그것만이 사랑이 유일하게 원하는 것이었으니까.

"그래요, 가요."

연이 그제야 웃었다. 아니, 그것은 웃음이라기에는 부족하다. 희미한 반짝임이었고 짧은 흔들림이었다. 그러나 수현은 직감했다. 이제 남은 순간마다 그 웃음을 떠올리며 살아가게 될 것이라고.

♻ ✳ ⧗

택시를 잡아타면 수현의 집까지는 멀지 않았다. 연은 아무 거리낌도 없어 보였다. 수현이 택시비를 내려고 하자 제 카드를 내미는 낯에서는 조금 전 차도에 뛰어들던 절망이 없었다.

연의 마음을 돌리려고 여러 번 말을 꺼냈으나 그럴듯한 대답이 돌아오는 일은 없었다. 그래도 사는 게 좋지 않겠어요, 하는 말에 연은 반응이 없다. 살아 있으면 괜찮은 일도 생길 텐데, 하는 말에도 반응이 없다. 오늘 당장 작업하긴 어려울 것 같다고 시간을 벌어보려고 하자 연은 담담하게 대꾸했다. 예지의 유골함을 품에 안은 채로.

"그러면 다른 수집가를 찾아가볼게요."

도자기로 만든 유골함이 차게 빛난다. 수현은 예지를 만나본 적이 없으니 딸이 그런 걸 원했겠냐는 허울 좋은 소리도 할 수가 없다. 아니, 할 수는 있었으나 그런 소리를 했다가는 연이 당장 박차고 떠나버릴 것 같았다. 다른 특수 수집가에게 가서 자신을 작업해달라는 소리를 하고, 이제는 정말로 그들이 어디로 끌고 가거나 무슨 짓을 해도 상관없어 할 것이다.

연이 죽어버리는 것도, 그의 웃음을 다시는 보지 못한다는 것도 싫었지만, 수현은 그의 마지막을 다른 사람에게 맡긴다는 사실이 가장 끔찍했다. 자신이 사랑했던 자가 다른 누군가의 컬렉션이 되어버린다는 상상만 해도 아득하게 현실감 없는 고통이 밀어닥쳤다.

그러니까 결국엔 해야 한다. 수현은 현관에 선 여자를 바라보았다. 이미 한 번 와보았으면서도 낯선 공간에 발들이기 주저하는 것처럼 서 있는 연을. 그는 가만히 서서 수현을 바라보고 있었다. 품에는 여전히, 예지가 안겨 있다.

"……겉옷 벗고 침대에 누워주세요."

장례식 내내 곡기를 끊은 게 작업에 좋은 일이 될 줄은 몰랐다. 원래대로라면 단식해야 했겠지만 연은 입에 넣은 것보다 뱉은 것이 더 많은 상태였다. 몸 안에 남은 음식물도 없을 것이니 깨끗한 작업물이 될 것이다.

수현은 문득 구역감이 치밀어 입을 다물었다. 연은 잠자코 수현을 바라보다가 걸치고 있던 것을 벗고 침대에 누웠다. 눕기 전 유골함을 조심스럽게 바닥에 내려놓는 것도 잊지 않았다. 얇은 니트와 면바지가 연의 윤곽을 따라 늘어졌다. 지나치게 현실감 없는 부피다.

대형 작업물을 위한 장비가 없다든가, 이대로라면 다시는 당신을 보지 못하게 된다는 보잘것없는 소리를 하는 대신 수현은 연의 허리 옆쪽에 몸을 앉혔다. 침대가 약간 내려앉는다. 거의 비난하는 듯한 시선이 닿는 것을 알면서도 수현은 한참이나 연을 보았다. 더 이상 자신이 어떤 영향도 끼칠 수 없고 변화시키지도 못할 그런 사람이다.

"……아플 거예요."

신체가 변화하는 과정은 개체마다 차이가 있긴 했지만 고통을 동반한다. 수현은 작은 개체를 작업할 때면 아예 몸을 고정시켜놓고 작업했다. 몸부림치거나 벗어나려고 애를 써도 움직이지 못할 정도로 단단하게 묶어두면 추가 작업을 할 필요 없이 예쁘게 굳는다. 인간을 작업해본 적은 없지만 비슷한 고통이 있을 것이다.

"수면제를 드릴게요. 한숨 자고 일어나면……."

아니지, 연은 일어나지 못할 것이다. 다시는 눈을 뜨지도 웃어주지도 않겠지. 수현이 애매하게 말을 흐리자 연이 잠자코 눈을 깜빡이다 고개를 저었다. 됐어요, 하고 대답이 흘러나온다. 수현은 연을 내려다보았다.

"그냥 하신다고요."

"네."

단호하게 끊어지는 말은 결심의 이유도 알려주지 않는다. 수현은 완전히 떨어져나간 것 같았다. 세상에서 고립되길 원한 건 연인데도 수현은 고립된 채 연의 얼굴을 내려다보았다. 마음이 복잡하게 끓어올랐다가 가라앉기를 반복했다.

이건 돌이킬 수 없는 일이라고, 달래는 말을 할 수도 없다. 수현은 그런 얘기를 하다가는 울어버릴 것 같았다. 아니, 어쩌면 울어버리면 연이 마음을 바꿔줄지도 모른다. 그런 생각을 하는 동안 연은 일방적인 침묵이 답답한지 몸을 일으키려했다. 수현은 그가 도망가버릴까봐, 타인에게 몸을 맡기러갈까봐 두려워하며 자리에서 일어났다.

"가져올게요, 잠시만요."

누워 계세요. 단호하게 이르는 말에 연이 반쯤 일으켰

던 몸을 다시 눕혔다. 서랍을 뒤져 장비를 꺼내는 손길에 시선이 따라붙는다. 투명한 액체가 든 작은 병 여러 개와 접합부를 완전히 붙이는 게 가능한 호흡기구. 그리고 수현을 위한 페이스 마스크.

"소형 개체를 작업할 때는 밀폐된 공간에 넣고 투하하지만, 이번에는 호흡기를 통해서 주입할 거예요."

오토바이를 탈 때나 사막 지역 군인들이 쓸 법한 페이스 마스크를 뒤집어쓰자 수현의 얼굴이 완전히 가려졌다. 연의 시선이 그제야 조금 흔들렸다. 새삼스럽게 지금 뭘 하고 있는지 깨달은 것 같았지만, 그렇다고 해서 상황을 중단시키지는 않았다. 수현은 연이 무슨 말이라도 꺼내길 기다리다가 침묵만이 이어지자 묵묵히 호흡기에 병을 연결했다. 버튼을 누르자 기화된 바이러스가 호흡기 안쪽에서 부드러운 연기처럼 새어 나왔다.

그것을 연에게 씌우기 전에, 수현은 유리 너머로 연을 내려다보았다. 이제야 간신히 두려움이 비치는 얼굴을.

"지금 취소해도 괜찮아요."

"……."

"살아가는 일이 그렇게도 힘들지는 않을 거예요. 내가……."

"선생님."

연이 수현의 팔을 잡아끌었다. 두려워하더라도 확신만은 가득하다.

"괜찮아요."

"……네?"

"이런 일 하게 해서 미안해요."

이 두려움은 누구에게서 비롯된 것인가. 수현은 잠시 말문이 막힌 채 내려다보았다. 연은 웃지도 울지도 않는다. 수현은, 차라리 연이 두려워했으면 좋겠다고 생각했다.

연은 유언을 남기지 않았다. 뺨과 턱을 따라 호흡기를 밀착시키고 그 위를 테이프로 덮으면서도 수현은 계속해서 손을 떨었다. 호흡이 스스로의 귀에 들릴 정도로 거칠었다. 눈물만은 흘리지 않았다. 이명이 자꾸 들렸지만 수현은 연이 눈을 감을 때까지 울지도 무너지지도 않았다.

'작업'은 느리게 진행되었다. 노을이 바닥을 침범할 무렵 시작되었던 작업은 새벽이 밝아올 때에야 간신히 끝이 났다. 호흡기에서부터 시작한 변화가 혈관을 타고 전신으로 번져나가는 내내, 연은 피부가 타들어가는 고통을 느낄 텐데도 조용했다. 눈을 감은 얼굴에는 자신이 감당해야 할 형벌이라는 것처럼 겸허함마저 감돌았다.

시간이 어떻게 지나는지도 모르고 수현은 곁에 앉아 작업이 끝나기만을 기다렸다. 소형 화물은 두어 시간이면 끝나는 작업이 열 시간이 넘게 이어져도 두려워할 겨를이 없었다. 연은 느리게 작업되었으나 수현에게는 지나치게 빠른 것 같았다. 연의 손바닥을 만질 때마다 온기가 삽시간에 사라져 있었다. 피부가 단단해지고 색을 잃어간다. 제대로 관리되지 않은 손톱까지도, 그 안의 희미한 핏줄마저도 완전히 반투명하게 변해버렸을 무렵에야 수현은 자리에서 일어났다. 페이스 마스크 안쪽에 땀인지 호흡인지 모를 물기가 맺혀 있었다.

따라서 변해버릴까, 하는 충동적인 생각이 실현되지 못한 건 결국 두려움 때문이다. 수현은 삶을 버린 자를 앞에 두고 한참을 내려다보다가 호흡기를 떼어냈다. 병을 몇 개나 교체해가며 호흡기에 연결했던 터라 수현이 가지고 있는 것은 바닥이 났다. 여기서 더 무엇을 하기 위해서라면 새로 구입해서 호흡기에 연결하고, 유언장을 작성하고……. 수현은 머릿속으로 현실감 없는 가정을 하며 연의 얼굴에서 테이프를 떼어냈다. 테이프 자국까지도 고스란히 남은 피부는 더운물로 무르게 만들어 추가 작업을 해야 할 것이다.

뺨이 차가웠다. 수현은 느리게 밝아오는 창밖을 바라보며 아득하게 생각했다. 이제야 끝났다. 이건 더 이상……. 이제는 아니다. 무엇이 아닌지는 스스로도 알 수 없었으나, 수현의 머릿속은 이성적인 정리가 가능한 상태가 아니었다. 이명이 비명처럼 머릿속을 울렸다. 뒤통수를 쪼개는 듯한 통증이 자꾸만 일었다.

"……."

온기는 더 이상 없다. 수현은 자리에 누운 연을 멍하니 바라보았다. 연은 정말로 편안해 보였다. 더 이상의 고통도 괴로움도 절망도 없는 세계로 완전히 떠나버린 것처럼, 감은 눈가에는 찡그림이 없었고 힘이 풀린 입술은 살짝 벌어져 있었다. 어쩌면 웃는 것처럼 보이기도 했다.

그마저도 수현이 사랑한 사람의 얼굴이다. 수현은 홀린 듯이 연의 얼굴을 들여다보았다. 연의 얼굴을, 연을, 그러니까 연이었던 무엇의 얼굴을. 어쩌면 이제는 연이 아니게 된 것을. 아니, 온전하게 보존한 연의 얼굴을. 사랑이라고 불러도 되는지 혼란스러운, 누군가의 얼굴을.

먼 곳에서 동이 트고 있었다. 수현은 깊게 잠든 사랑을 내려다보며, 그들을 연인이라고 칭할 수 있을지에 대해 생각했다.

♻ ✳ ⧗

장식장을 가득 채웠던 수집품은 하나씩 팔려나갔다. 신경 써서 작업한 것들만 모아뒀던 터라 제법 괜찮은 가격에 매매할 수도 있었지만, 수현은 헐값에 그것들을 팔아치웠다.

비어 있던 자리에는 한 사람만을 위한 공간이 생겼다. 조명이 비추는 방 한편에 새로운 것이 들어오는 일은 없고, 오래도록 누군가의 웃는 얼굴만이 있었다.

04 인간쓰레기의 처리 방법

반투명한 손가락이 파쇄 기계로 빨려 들어간다. 갈리기 쉽게 토막을 낸 신체가 무거운 칼날 사이에서 우그러졌다. 둥근 무릎과 표본 같은 국부와 제대로 수습되지도 않은 얼굴까지. 부릅뜬 눈이 거친 소리를 내며 썰린 뒤에야 신경을 건드리는 긴장이 풀어졌다.

태주는 마른 한숨을 내쉬며 다음 봉투를 열었다. 다른 재활용 봉투와는 다르게 안쪽이 비치지 않는 두꺼운 재질의 비닐이다. 오늘 몇 번이나 처리했던 것과 비슷하게, 제대로 처리되지 않은 시체가 나왔다. 썩은 내는 나지 않는다. 플라스틱으로 변한 몸이다.

정부가 플라스틱 시체들의 재활용을 공식적으로 허가한 뒤로 재활용되는 플라스틱의 양은 괄목할 정도로 늘어났다. 이 업계에 호황이라는 말이 어울릴지는 모르겠으나, 전격적으로 유통량이 늘어났다는 점에서는 호황이라고 불릴 만했다.

인간의 몸에서 제대로 벗겨지지 않은 옷가지를 뜯어내고, 접히고 눌린 관절을 잘라 토막토막 기계에 밀어 넣는다. 죽음의 순간을 목도한 얼굴들이 병뚜껑이나 과자 트레이 따위에 반쯤 파묻혀 칼날 사이로 흘러들어갔다. 구겨지고 찢기는 소리는 다르지 않다. 이따금 머리카락 따위가 걸려 낯설게 꺾이는 소음도 이젠 익숙해졌다.

플라스틱을 재활용하는 방법은 세 가지가 있다. 아니, 엄밀히 말하자면 두 가지다. 하나는 파쇄하고 재성형해 쓸 만한 물건으로 만드는 물리적 재활용, 나머지 하나는 분자 단위로 처리를 해 원료로 되돌리는 화학적 재활용. 태주는 전자의 방식을 쓰는 재활용 센터에서 일했다. 온종일 쏟아지는 재활용 쓰레기 속에서 쓸 만한 플라스틱 재질만을 골라 갈고, 으깨고, 압출하여 성형하면 쓰레기가 새로운 물건이 된다.

식품용이나 일상용품으로 쓰이는 플라스틱 제품들이 주로 재활용 대상이었지만, 이제는 인간도 포함되었다. 플라스틱 시체들이 식품용으로 적합하다는 얘기는 아니었다. 굳이 말하자면 시체로 변한 플라스틱들은 여러 재질이 섞인 복합 플라스틱이다. 피부가 매끄럽고 둔중하면서도 속눈썹이나 동공 따위는 섬세하고 탄력적인 걸 보자면 여러 재질이 섞일 수밖에 없을 것이다. 어쨌든 태주는 깊게 생각하고 싶지 않았다. 제대로 처리하려면 머리카락을 잘라내고 눈알을 뽑고 내장도 죄다 비워서 갈아야 한다든가, 그런 생각들.

안 그래도 센터가 정부와 제휴를 맺은 뒤로 적지 않은 수의 직원들이 그만두었다. 이전까지는 정부에서 인가를 내린 센터로 가라는 핑계로 시체를 피할 수 있었지만, 이제는 정부가 센터에 보디 백을 준다. 시마다 하나씩 있는 시립 재활용 센터에서는 감당이 되지 않을 정도로 시신들이 접수되었기 때문이다. 새벽마다 트럭에 실어 들어오는 비닐들을 보면 태주도 한숨이 나왔다. 그나마 잔인한 것에 무던한 성격이니 지금껏 일할 수 있었던 것이다.

그래도 월급은 올려달라고 해야겠다. 태주는 잠깐 허리를 폈다. 팔을 쭉 뻗자 등줄기에서 우드득 소리가 났다. 겨울이 이제야 슬그머니 발을 빼는 계절이건만, 작업장에는 벌써부터 에어컨이 돌았다. 기계에서 나오는 열기가 어지간했다.

잠깐 기계를 멈춰두고 담배라도 피우려고 걷는데 센터 입구가 어수선하다. 제법 많은 수의 사람들이 웅성거리며 몰려 있다가 태주를 보고 소란해졌다. 이쪽으로 와보라며 소리치고 손짓하는 꼴이 영 좋은 예감이 들지 않았다.

"뭐예요?"

빼 물려던 담배를 주머니에 밀어 넣으며 다가가자 가장 앞에 선 여자가 웃음기 하나 없이 단단하게 물었다.

"센터장님, 계시죠?"

"어, 글쎄요."

태주는 고개를 빼서 주차장을 살폈다. 눈에 익은 벤틀리가 지정 구역에 주차되어 있었다.

“계신가본데요, 차가 있네.”

“약속을 잡아놨는데 문이 안 열리네요. 문 좀 열어주세요.”

고장이라도 난 건가. 태주는 안일하게 생각했다. 센터 입구에 쳐놓은 철문은 종종 자동 제어가 먹히질 않아서 출퇴근 시간대에 줄이 길게 늘어서곤 했다. 철문 사이로 내미는 명함이 그럴듯해 보이기도 했다. 미도시 인권단체 협의회. 이름과 이메일과 연락처가 어쩌고저쩌고 박혀 있는 명함. 환경단체가 종종 드나들긴 해도 인권단체는 또 낯설다. 태주는 아무 생각 없이 출근 카드를 꺼내 문 옆에 찍었다. 거슬리는 소리를 내며 무거운 문이 열렸다.

“일단 따라오세요. 어, 주임님한테 안내해드릴 테니까…….”

센터장의 약속 유무는 더 높은 사람들이 관리할 것이다. 태주는 일한 지 이제야 반년을 채웠다. 센터에 플라스틱 시체가 들어오기 시작한 지는 넉 달 남짓 되었고. 잘은 모르겠지만 대충 시체와 관련된 일 아니겠는가, 하고 건물 안으로 안내하는데 복도 끝에서 김 주임이 헐레벌떡 달려와 태주의 팔을 낚아챘다.

"태주 씨, 저 사람들이 누군지 알고 들여!"

김 주임의 얼굴이 사색이 되어 있었다. 태주는 그제야 가슴이 덜컥했다. 실수를 했다는 생각에 주임과 인권단체 사람들을 번갈아 보는 차에 앞서 말을 걸었던 여자가 공격적으로 한 걸음 다가왔다.

"인터뷰 약속, 분명히 잡았으면서 이러시면 곤란한데요."

"아니, 그러니까 센터장님 안 계시다고……."

"주차장에 있는 차는 그러면 남의 차인가보죠?"

김 주임이 냅다 태주를 노려보았다. 이거 나중에 혼나겠다. 귀찮은 일을 벌여버렸다는 직감에 슬금슬금 발을 빼는데 따라붙는 시선이 있었다. 사람들 틈에 끼어 있던, 조금 키가 작은 남자가 태주를 바라보고 있었다. 여자와 김 주임이 실랑이를 벌이는 사이 남자가 눈치를 슬쩍 보고, 가방을 뒤져 작은 팸플릿을 문 뒤쪽 모퉁이에 한 뭉치 쌓아 두었다. 김 주임이 대번에 소리를 질렀다.

"거기, 아무 데나 그런 거 뿌리지 말아요! 태주 씨, 저것 좀 치워."

저거, 라고 지목된 팸플릿은 재능기부를 받아 디자인되었을 법한 만듦새였다. 태주가 쪼그려 앉아서 주섬주섬 줍고 있자 팸플릿을 내려놓았던 남자가 고스란히 다시 가방에 넣으려다가, 태주의 손에 몇 장을 남겼다.

"나중에 읽어보세요."

재빨리 속삭이는 목소리가 은밀했다. 태주는 영문을 모르고 눈을 깜빡이다가 결국엔 주임이 사람들을 끌고 움직이기 시작하자 몇 걸음 떨어져 섰다. 손에 남은 빳빳한 종이의 감촉이 낯설다. 반사적으로 버리려고 움직이다가 태주는 쓰레기통 앞에 서서 팸플릿을 내려다보았다. 하얀 배경에 붉은 글씨로 '재활용 센터는 범죄단체와의 유착관계를 해명하라'라고 크게 쓰여 있었다.

태주는 상사의 비리를 숨죽여 속삭이는 기분으로 팸플릿을 열었다. 두 번 접은 팸플릿 안쪽에 얼마나 할 말이 많은지 글씨가 꽉꽉 채워져 있었다. 그나마 앞뒤 여백이 충분한 게 가독성을 신경 썼다는 마지막 양심이었다. 몇 글자 훑어보니 흔한 음모론이다. 재활용 센터에 흘러들어가는 시체들 중 출처가 멀쩡한 것이 몇이나 되겠냐는, 인터넷 게시판에서나 떠들고 말 법한 이야기들.

이걸 진지하게 가지고 온 건가? 태주는 이따위 것을 들고 인터뷰 약속까지 잡은 정신머리를 의심했다. 이쯤 되면 김 주임이 출입을 막을 법도 했다. 도대체가 말이 되는 소리를 해야지. 팸플릿에 적힌 소리는 태주도 한 번쯤은 읽어본 적 있는 것들이다. 물론 이렇게 출력된 인쇄물은 아니었고, 언젠가 괴담을 모아놓은 게시물에서 보았던 것 같다.

플라스틱병이 출몰한 지 일 년이 넘었다. 하루에도 사람이 얼마나 많이 죽는지 안다면 이런 헛소리는 지껄이지 못할 것이다. 소각장도 묘지도 감당하지 못하는 시체를 처리할 방법은 둘뿐이다. 끌어안고 살거나, 재활용하거나.

최근에는 시체를 재활용해서 생활용품으로 만들어 쓰는 유행도 이는 것 같았지만, 아는 사람을 의자나 식기로 만들어 쓰는 건 아무래도 뒷맛이 나쁘지 않나. 태주는 오래 산 것은 아니었으나 아마 머리가 굳을 나이가 되어도 세상의 비이성에는 따라가지 못할 것 같다는 생각을 했다. 팸플릿은 끝까지 읽어보지도 않고 쓰레기통 안으로 추락한다. 나눠주라는 건지 뭔지 몇 장 더 쥐여준 팸플릿들도 마찬가지였다.

그리고 태주는 그대로 잊어버렸다. 팸플릿이니, 인권단체니 하는 것들. 나중에 김 주임이 와서 함부로 문 열어주지 말라고 혼낼 때는 얼핏 머릿속에 떠올랐다가 사라지기는 했지만, 그마저도 수면에 떠오른 잔잔한 그림자 같은 정도였다.

"그, 뭐야. 책자는 다 버렸고?"
"책자요?"
"쌓아두던 것들 있잖아."

아, 그 팸플릿. 태주는 고개를 끄덕이다 말고 조금 웃었다.

"되게 이상한 소리 써 있던데요. 그 사람들 진짜 인권단체 맞아요?"
"……."
"그런 데에는 음모론자들만 모여 있나."

김 주임의 시선이 묘했다. 혼나는 와중에 웃어서 그런가 하고 태주가 입을 다물자 한숨이 푹 터진다. 태주가 어리둥절하게 바라보자 김 주임이 다시 단단히 일렀다. 그런 이상한 사람들 요새 많으니까 아무나 문 열어주지 말라고. 다섯 살 때나 들었을 법한 훈계를 들으며 태주는 잠자코 고개를 끄덕였다. 어쨌든 문을 열어준 건 제 잘못이 맞았다.

그리고 태주는 잊어버렸다. 별일도 아닌 일이다. 누군가 굳이 물어본다면 가물가물하게 상기할 수는 있었으나 그뿐이었다. 대화도 제대로 하지 않은 상대의 얼굴은 더 기억이 안 났다.

그랬지, 그랬는데. 태주는 새벽부터 들어온 보디 백들을 내려다보았다. 이름은 그럴싸하게 보디 백이라지만 기껏해야 좀 두꺼운 비닐봉지다. 속이 안 비치는 두께의 비닐봉지 안에, 어쩐지 눈에 익은 얼굴이 들어 있었다. 아예 기억이 안 나면 속이 편하겠는데 막상 앞에 두니 머리가 아주 팽팽하게 돌아갔다. 빳빳한 감색 가방에서 조심스럽게 팸플릿 한 다발을 꺼내던 손가락이라든가, 눈치를 보며 움직이던 눈동자, 제 손에서 종이 뭉치를 가져가다 말고 두세 장을 다시 쥐여주던 것. 손바닥에 닿았던, 묘하게 따끈했던 코팅된 종이. 김 주임에게 들키지 않게 속삭이던 목소리. 나중에 읽어보세요. 그리고 재빨리 돌아서던 옆얼굴.

"윽……."

구역질이 치밀어 올랐다. 같이 비닐을 뜯던 동료가 놀라 달려왔다. 태주는 목을 역류하는 시큼털털한 냄새를 억지로 참으며 무작정 달음박질쳤다. 화장실보다는 바깥이 가깝다. 보디 백을 싣고 온 트럭 옆에서 화단에 고개를 처박고 구역질을 하고 있자 저마다 작업 중이던 직원들이 기웃거렸다. 그 시선조차도 알아차리지 못할 정도로 머리가 어지러웠다.

"태주 씨, 괜찮아요? 몸이 안 좋으면 휴가 써요."

"아니, 괜찮……. 우욱."

겨우 몇 초 눈을 마주했을 뿐인데도, 아는 사람의 시체를 마주하니 충격이 컸다. 간신히 숨이 안정되었다가도 쌓여 있는 보디 백을 보면 속이 뒤집혔다. 더 나올 것도 없이 노란 위액이 역류할 지경이 되어서야 태주는 간신히 속을 쏟아내는 걸 멈췄다. 다리가 풀려서 제대로 일어날 수도 없었다. 화단에 웅크리고 고개를 처박고 있으니 제가 쏟아낸 토사물에서 시큼한 냄새가 올라왔다.

"……으."

도무지 고개를 돌릴 자신이 없었다. 그래도 태주는 물로 입을 헹구고 겨우겨우 자리에서 일어났다. 후들거리는 다리를 붙들고 제가 뜯어둔 비닐 앞에 서자 웅크리듯 죽어 있는 반투명한 흰색 얼굴이 눈에 박혔다. 누가 억지로 붙들어 묶어둔 것처럼 부자연스러운 자세였다. 옷은 뜯겨나간 건지, 아니면 원래 없었던 건지 희멀건 피부가 고스란히 드러나 있다.

고작 얼굴 한 번 보았던 사람의 죽음이 왜 이렇게 충격적인 걸까. 태주는 제 거부감의 근원을 찾기보다는 죽은 남자의 시신을 한쪽으로 밀어 작업 라인에서 빼두었다. 태주를 힐끔거리던 직원들은 어느새 제 할 일을 찾아 움직이고 있다.

동료들이 작은 전동 톱으로 시체들을 썰어내는 모양을

확인하고, 제게서 관심이 떨어져나간 뒤에야 태주는 웅크린 몸을 뒤집어보았다. 무릎을 접어 가슴에 붙이고 등 뒤로 손이 돌아가 나란히 붙어 있다. 입은 반쯤 벌어져 있었는데, 혀 안쪽에 희끄무레한 것이 얼핏 보였다. 그것을 끌어내려다 말고 태주는 쇠 집게를 가져왔다. 장갑을 끼고는 있어도 손가락을 그의 입 안에 밀어 넣고 싶지가 않았다. 단단하게 굳은 입술을 비집고 마찬가지로 돌덩이 같은 혓바닥을 긁으며 집게로 끌어낸 것은 수건 조각이다. 그것도 불긋하게 물들어 있는.

문득 새빨간 글자가 머릿속을 스쳐지나갔다. 재활용센터는 범죄단체와의 유착관계를 해명하라. 업체에서 처리하는 시체의 양과 소리도 없이 사라지는 실종자들을 비교한 그래프. 어깨를 마주하고 가파르게 치솟던 꺾은 선들. 언제부터인가 게시판에서 보이지 않는 괴담 같은 소문. 웃지 않던 김 주임의 얼굴.

"……저, 화장실 좀 다녀올게요."

"몸 안 좋으면 조퇴하라니까."

"괜찮아요, 잠깐만요."

태주는 핸드폰을 꺼내 몰래 남자의 사진을 찍었다. 눈도 감지 못하고 굳어버린 시체다. 무엇에 써야 하는지도 모르면서 일단 찍어 놓고서는 태주는 화장실로 피신해 머릿속을 뒤졌다. 어디 사람들이었더라. 그때 온 사람들은 무슨 인권단체에 속해 있었으니 죽은 남자도 같은 소속일 것이다. 분명 뭘 받았었는데. 재킷 주머니를 뒤적거려보니 영수증과 사탕껍질 사이에서 귀퉁이가 닳은 명함 하나가 나왔다. 미도시 인권단체 협의회. 이름과 이메일과 연락처. 아무 말도 하지 않는 숫자 열한 개가 이렇게까지 당황스러울 수가 없었다. 명함을 쥐고서 태주는 잠시 제가 뭘 하고 싶은지도 몰라 멍하니 들여다보고만 있었다.

여기 연락을 해서 뭘 어쩐단 말인가? 당신네들이 데리고 다니던 사람이 시체로 들어왔는데 알고 있느냐고 물어보기라도 할 셈인가? 냉정하게 생각해보면 트럭에 실려 들어오는 시체들은 전부 시청이나 구청에서 공식적으로 접수받아 처리를 위해 보내지는 것들이다. 적어도 김 주임과 센터장은 그렇게 말했다. 그게 아니더라도 상식적으로 본 적 있는 사람이 죽어서 들어왔다고 해서 다 타살인 건 아니다.

더군다나 같은 단체에 들어 있는 사람들이니 태주보다는 소식이 빠를 것이다. 헛짓거리 하는 게 아닐까. 고등학교를 졸업한 다음부터는 쓸 일이 없었던 머리가 간만에 지끈거렸다. 태주는 닳다 못해 종이 가루가 부슬부슬 일어나는 명함을 만지작거렸다. 연락한다고 해서 뭐가 바뀌는 것도 아니고……. 그냥 기분이 나빴다, 운이 안 좋았다, 그 정도의 사건일지도 모른다. 태주가 생각하는 것보다 큰 일이 아닐지도 모르고.

고민은 짧고도 길다. 태주는 한참을 고민했다고 느꼈지만, 핸드폰 위 숫자는 겨우 두 번 바뀌었다. 딱 2분 동안 태주는 발을 까딱거리면서 명함을 만지작거리다가 겨우 전화를 걸었다. 고민이 무색하게 신호음이 두 번 울리기도 전에 전화가 연결되었다.

[반갑습니다, 미도시 인권단체 협의회입니다. 무엇을

도와드릴까요.]

입에 달라붙은 관성으로 줄줄 내뱉는 듯한 인사를 듣고 나서야 태주는 덜컥 후회했다. 괜히 걸었다. 그대로 끊어 버리려다가 애새끼 같은 짓 하지 말자며 태주는 핸드폰을 고쳐 쥐었다.

"안녕하세요, 어, 그러니까 삼전 센터에서 일하는 사람인데요."

[죄송합니다만 혹시 어디시라고요?]

"아, 삼전 재활용 센터요. 그러니까 거기, 고속도로 옆에 있는 거기."

더듬더듬 설명하는데도 전화 너머의 사람은 아는 게 없는 눈치였다. 지난번 보았던 사람들 무리에 섞여 있던 자도 아닌 모양이었다. 태주는 짧은 귀밑머리를 만지작거리다 곤란을 비쳤다.

"지난달에 방문하셨을 때 명함을 받았는데……."

[아, 어느 분 찾으시나요?]

"아니, 누굴 찾는 게 아니라요. 그때 왔던 사람들 중에 키 좀 작고, 그, 가방에 팸플릿 잔뜩 넣어 다니던 분 말이에요."

누굴 찾는 게 아니라는 거 치고는 말이 앞뒤가 안 맞는다. 그 사실을 뒤늦게야 알았지만 태주는 말을 고쳐 말할 여력이 없었다. 낯선 사람과의 통화는 언제나 기가 빨렸다. 더군다나 목적이 명확하지 않을 때는 더더욱.

[어느 분 찾으시는지, 잘…….]

"안경 안 쓰고, 어……."

특정 지어 말해보려니 이렇다 하게 생각나는 것도 없었다. 태주는 관자놀이가 아플 정도로 머리카락을 꾹꾹 당기다가 결국엔 설명을 포기했다. 그보다는 자신이 알고 싶은 사실을 묻는다. 처음부터 이러는 게 빨랐을지도 모른다.

“아무튼 최근에 돌아가신 분이요. 그, 알고 계시나 해서.”

전화기 너머에서 불현듯 침묵이 흘렀다. 두루뭉술한 질문을 되묻지도 않고, 그저 침묵이다. 몇 초가 흘러서야 전화기 너머의 목소리가 천천히 흘러나왔다.

[돌아가신 분이요?]

“……네. 그냥, 그, 시신이.”

누군가 화장실 문을 두드렸다. 말을 끊는 게 목적이기라도 한 것처럼 성급하고 거친 노크였다. 전화기 너머에 쏠려 있던 시선이 한순간 흩어졌다. 태주는 목소리가 바깥으로 흘러나갈까 덜컥 걱정이 되어 황급히 말을 마무리했다.

“알고 계시면 됐어요.”

[잠시만요.]

“수고하세요.”

통화가 끊겼다. 곧바로 전화가 되돌아왔지만 태주는 받을 틈이 없었다. 문 밖의 손님은 이젠 주먹으로 문을 두드리고 있었다. 태주 씨, 부르는 목소리가 귀에 익었다. 김 주임이 화장실 바깥에서 태주를 부르고 있었다. 태주는 물을 내리는 소리를 내고서도 영 좋은 예감이 들지 않아 손을 씻는 흉내까지 내고서야 손을 털며 문을 열었다. 김 주임이 불긋한 얼굴로 태주를 올려다봤다.

"태주 씨, 지금 누구랑 통화했어?"
"예?"

이건 또 난데없는 추궁이다. 잘못한 것도 없으면서 태주는 입이 갑자기 바짝바짝 말라와 화면이 안 보이게 돌려서 핸드폰을 주머니에 밀어 넣었다. 김 주임의 시선이 노골적으로 태주의 손등에 붙었다가, 조금 더 사나운 기세로 얼굴을 향한다.

"핸드폰 줘봐."

"지금 뭐 하시는 거예요?"

"태주 씨, 말 듣지?"

두꺼운 손바닥이 가슴팍 앞쪽에 불쑥 내밀어졌다. 태주는 불쾌와 당황이 섞인 얼굴로 주임을 바라보았다. 살갑지는 않지만 그럭저럭 일하기 괜찮은 사람이라고 생각했던 주임의 얼굴이 갑자기 거북하게 느껴졌다.

어린애를 을러대듯 손이 위협적으로 흔들렸다. 태주는 가슴팍에 거의 닿을 것처럼 다가온 손을 보다가 김 주임을 내려다보았다. 평소엔 의식도 하지 않고 살지만 이럴 때면 껑충한 키가 고마웠다. 턱을 약간 들고 미간을 찡그리자 아무 말 없이도 쉽게 모욕당한 주임이 얼굴을 붉혔다. 거친 손이 팔뚝을 잡아채는 순간 태주는 두 걸음 물러나며 목소리를 높였다.

"지금 뭐 하시는 겁니까!"

날카로운 고함이 복도를 울렸다. 멀리서 메아리마저

들릴 정도다. 몇 초 조용하더니, 복도 저편에서 문 열리는 소리가 났다. 김 주임이 초조하게 이를 악물었다가 다시금 손을 뻗었다. 태주는 김 주임의 손등을 쳐냈다. 김 주임이 답답해 죽겠다는 표정을 했다가 이를 악물었다.

"태주 씨, 지금 뭐 하자는 거야?"

"제 핸드폰을 주임님이 왜 봐요?"

일부러 목소리를 크게 키우자 복도 건너편에서 수군거리는 소리가 났다. 뭐야, 무슨 일이야, 하고 소란을 들은 직원들이 당황에 젖어 기웃거린다. 시선이 하나둘씩 붙기 시작하자 주임이 초조하게 입술을 씹다가 짜증스럽게 얼굴을 구겼다.

"태주 씨, 이러지 말고……."

"화장실까지 와서 왜 이러시는데요."

"내가 뭐 안 좋은 짓이라도 해? 태주 씨 말 되게 이상하게 하네."

그럼 이게 안 좋은 짓이 아니면 뭔데. 태주는 이죽거리려다 말고 모여드는 사람들 쪽으로 시선을 던졌다. 화장실 문턱을 사이에 두고 대치하고 있는 기묘한 광경에 사람들이 혼란스럽게 바라보고 있었다. 소란이 제법 컸는지 안쪽 자리에 앉아 있던 최 과장마저도 무거운 몸을 일으킨 모양이었다.

"뭐 하는 겁니까?"

난색을 표할 줄 알았던 주임이 오히려 반색하며 과장을 반겼다. 그 일 때문에 말입니다, 하고 넌지시 말했는데도 최 과장은 알아들은 모양인지 시선이 태주를 향했다.

"태주 씨."
"……."

몰린 사람들의 시선이 과장을 따라 태주를 향했다. 갑자기 주목받은 태주는 얼굴을 찌푸렸다가 화장실 문고리를 단단히 쥐었다. 임시방편이겠지만, 또다시 손을 뻗어온다거나 억지로 핸드폰을 빼앗으려고 들면 곧장 문으로 손가락을 찧어버릴 셈이었다.

그러나 과장은 경계심이 가득한 태주의 얼굴을 한번 보고, 난감한 듯 잠시 한숨을 쉬더니 자신의 핸드폰을 꺼냈다. 막 도착한 연락을 살피고 답장까지 한 뒤에야 과장이 고개를 들었다.

"태주 씨, 나랑 센터장님 좀 보러 갑시다."

"제가요?"

왜요? 태주는 목구멍까지 올라온 말을 겨우 삼켰다. 정말 느닷없다. 이게 무슨 소동인지도 알 수가 없었다. 뭘 한 것도 아니고, 기껏해야 토악질 좀 하고 화장실에서 전화 한 통을, 그것도 제대로 끝내지도 못한 전화를 했을 뿐인데. 긴장과 불안으로 주임과 과장의 얼굴을 훑다가 태주는 문득 인권단체에 전화한 이유를 상기했다.

재활용 센터는 범죄단체와의 유착관계를 해명하라.

시뻘건 글씨가 뇌리를 스쳤다. 심장이 당황스럽게 뛰었다. 이거 뭔데. 올려다보는 두 쌍의 시선 앞에서 태주는 그제야, 이제야 깨달았다. 뭐가 잘못되어도 단단히 잘못되었다. 주머니 안에서 꽉 쥔 핸드폰이 또다시 진동했다. 화면을 보지 않아도 알 수 있었다. 전화가 걸려오고 있다.

순간적으로 남자의 얼굴이 눈앞에 스쳤다. 입에 재갈인지 뭔지가 물리고 알몸으로 묶여서 플라스틱이 되어버린 시체. 연고자도 무엇도 없이 분쇄되어 처리하기 위해 흘러들어온 몸뚱이.

"태주 씨."

말을 안 들으면 다음에 보디 백에 담기는 사람은 태주가 될 것이다. 태주는 예언이라도 할 수 있었다. 식은땀이 등줄기로 흘렀다. 모여든 사람들의 의아한 시선과 두 명의 적 앞에서 태주는 이를 악물었다.

천천히 화장실 바깥으로 발을 내려놓자 곤장 주임이 팔을 움켜잡았다. 태주가 신경질적으로 뿌리치자 떨어져나가기는 했지만, 그것도 잠깐이고 이내 등 부근에 손이 닿았다. 태주가 도망치지 못하게 하려는 의도가 다분했다. 과장은 손은 대지 않았지만 주임의 반대편에서 태주를 사이에 두고 걸었다. 팔만 안 잡혔지 연행당하는 꼴이었다.

태주는 이대로 도망쳐버리고 싶은 마음을 눌러 참으며 잠자코 위층으로 향했다. 엘리베이터를 탔을 때는 무슨 관짝에 갇히는 기분까지도 들었다. 곧바로 센터장실로 갈 줄 알았으나 태주는 귀빈실로 안내되었다. 무슨 시장이나 대표가 정식 일정을 잡을 때에나 쓰는 방이다. 고급스럽게 어두운 가죽 소파에 앉은 채 태주는 과장이 내어주는 종이컵을 받았다. 말간 색의 액체가 김을 피워 올리고 있었다. 냄새를 맡으니 녹차인 모양이었지만, 티백은 보이지 않았다.

태주는 마시지 않고 테이블에 종이컵을 내려놓았다. 과장의 시선이 태주의 손을 응시했다가 아무 말 없이 비켜 갔다. 주임은 일이 있는 건지 센터장이 도착하기 전에 자리를 비웠다. 오토 록이 걸린 문이 철컥, 소리를 내는 게 불안했다.

센터장을 보러 왔는데 정작 본인은 한참이 지나서야 나

타났다. 녹차는 식어버린 뒤다. 기다리는 내내 영문도 모르고 침묵에 시달린 태주는 센터장의 얼굴을 보고 자리에서 일어났다. 딱히 뭘 하기 위해서는 아니고, 과장이 일어나 인사하는 걸 흉내 낸 것이다. 머리가 희끗한 센터장이 한 손을 드는 둥 마는 둥 인사를 받았다.

"목격자라고."
"계약직인 이태주 씨입니다."

제 이름이 나온 탓에 태주가 엉성하게 고개를 숙여 다시금 인사했다. 센터장은 신경도 거의 쓰지 않는 눈치였다. 태주의 정수리를 힐끔 보고는 센터장이 혀를 차며 관자놀이를 긁었다.

"뭐……. 이거 참."

곤란해 하는 기색이 역력해서, 태주는 제가 뭘 잘못했나 되짚어보았다. 인권단체에 전화를 한 일? 아니면 그 남자의 얼굴 사진을 찍어둔 일? 아니면, 아예 처음부터 그들에게 문을 열어주지 말았어야 했나?

짚이는 게 몇 가지 있긴 했으나 그게 잘못인 것 같지는 않았다. 물론 확인도 안 하고 문을 열어준 건 잘못이 맞긴 한데……. 아무튼 이 정도의 잘못은 아닌 것 같았다. 태주가 눈치만 보고 앉아 있자 센터장은 귀찮다는 듯 한숨을 한 번 푹 쉬고는 태주 쪽으로 몸을 내밀어 앉았다.

"이태주 씨."

"네."

"인권단체랑 무슨 관계지?"

이건 왜 물어보는 거지. 잠깐 감을 잡지 못했다가 태주는 멍청하게 대답했다.

"아무 관계도 없는데요."

당연하다면 당연하다고 해야 하는 건지, 센터장은 태

주의 말을 믿지 않는 눈치였다. 가벼운 콧방귀가 면전에 대놓고 터진다. 태주의 의문은 해결도 되지 않고 센터장이 연달아 물었다.

"일한 지 몇 년이나 됐지?"
"다음 달에 1년 채웁니다."
"여기 오기 전에는 뭐 했는데."
"……공장에서 아르바이트했는데요."

그런데 왜 자꾸 반말이신지. 저도 모르게 말투가 삐딱해지자 센터장이 태주를 노려보았다. 태주는 움츠러들지 않으려 애쓰며 허리를 꼿꼿하게 폈다. 괜찮다, 잘못한 건 없다. 그러나 센터장은 태주가 당당하게 구는 태도가 기가 차는 모양이었다.

"뭐 지령이라도 받고 왔어?"
"네?"

지령이라고. 무슨 지령? 태주가 어리둥절하게 눈을 깜빡이는 사이 주임이 돌아왔다. 센터장에게 건네는 서류에 태주의 사진이 붙어 있었다. 태주가 입사할 때 제출했던 자기소개서와 이력서 따위였다. 당연하게도 이렇다 할 내용은 따로 없다. 태주는 제가 혹시 이상한 소리라도 써 놓았던가, 하고 기억을 더듬어봤지만 반년도 더 전에 써서 온갖 회사에 찔러 넣었던 이력서가 기억날 리가 없었다.

다행히 딱히 이상한 점은 없는 모양이었다. 센터장은 서류들을 끝까지 읽을 때까지도 말이 없었다. 짜증스럽게 콧잔등이 찌푸려졌다가, 느리게 서류 끄트머리를 뭉개며 센터장이 내뱉었다.

"뭔, 이런 게 다 있어."

태주는 예, 하고 되묻지 않았다. 불쾌와 두려움이 뒤섞여 기분 나쁜 오한이 치밀었다. 센터장이 잇새로 혀 차는 소리를 내고는 태주를 바라보았다.

"토했다면서."

"……네."

"아는 사람이야?"

그러니까 아까부터 왜 계속 반말인 걸까. 태주는 자꾸만 거슬리는 말투를 애써 무시했다. 나이가 서른 살 정도 더 많고 윗사람이더라도, 서로 사회인인데 반말이나 찍찍 내뱉는 건 아니지 않나……. 그런 생각이 혀끝에서 맴돌긴 했지만.

"아뇨, 근데 저번에 센터에 왔던 손님이길래……."

"태주 씨."

김 주임이 반응했다. 얼굴이 하얗게 질렸다가 파래지길 반복하더니 한숨과 함께 얼굴을 쓸어내린다. 태주는 아직까지도 제가 뭘 잘못했는지 알 수가 없다. 아니, 알더라도 딱히 이해하고 싶지는 않았다.

"그걸 왜 태주 씨가 신경을 써."

"신경 쓴 게 아니라 그냥 아는 얼굴이라서……."

"그러니까 그게……."

소득 없이 이어지려던 실랑이를 센터장이 끊었다. 신경질적으로 서류를 내던진 센터장이 짜증스럽게 눈가를 구겼다. 태주를 바라보는 시선이 퍽 불온했다. 태주가 슬며시 눈치를 보고 있자 웃는 건지 아닌 건지 입술이 비딱하게 말려 올라간다.

"그럼 뭐, 별일 없네."

"……."

"태주 씨, 오늘은 퇴근합시다. 놀랐을 텐데 집에 가서 푹 쉬고."

갑작스럽게 호의가 베풀어진다. 태주가 얼떨떨하게 보고만 있자 센터장이 손가락을 느리게 까딱거리다가 덧붙였다.

"다음 달이 일 년이면 계약 기간 만료인가?"

"……그렇죠?"

"재계약 생각해봐요. 정직원으로."

이건 또 난데없는 소리였다. 물론 한곳에서 오래 일하면 좋지만, 지금껏 정직원 채용 얘기는 낌새도 없었는데. 좋기야 좋았지만 타이밍이 느닷없다보니 쉽게 대답이 없었다. 태주가 입을 다물고 있자 센터장이 눈을 똑바로 맞추며, 마치 잘 생각하고 판단하라는 투로 목소리에 힘을 준다.

"월급도 올라갈 거고, 정직원이면 시체 써는 일 더 안 해도 돼."

"……."

"대신 그만큼 책임감 있게 행동합시다, 알죠."

두꺼운 손가락이 테이블에 아무렇게나 놓인 서류를 툭툭 두드렸다. 맨 위에 사진이 박힌 이력서가 놓여 있다. 출신 학교, 경력, 성별, 가족 관계까지 죄다 나와 있는 시대착오적인 양식이다.

"태주 씨가 거의 가장이던데. 아버지도 안 계시고."

"……네."

"동생이 이제 대학 들어갈 나이네."

태주, 이쯤 되어서야 겨우 눈치챘다. 협박이구나. 평소에 협박 받아볼 일이 어디 있어야 눈치도 빨리 채는 것이다. 내년에 동생이 어느 대학을 갈지는 알 수 없지만 어쨌든 목돈이 들어갈 시기였다. 부지런히 돈을 모아야 할 때에, 갑자기 직장에서 잘리면 어떻게 될 것 같냐는 그런 협박.

정직원이 아니더라도 1년 계약을 더 할 수는 있었지만 그것도 쌍방 동의 아래 가능한 것이다. 태주는 적어도 계약직 2년은 다 채우고 나가고 싶었다. 딱히 직장이 좋아서 그런 건 아니고, 매달 들어오는 안정적인 수입 때문이다. 공장에서 아르바이트하던 때처럼 월급이 일주일씩 밀리는 일도 없고, 생산라인에 기대 선 채 야간 작업을 하다가 졸아서 등줄기가 서늘해지는 일이 생기지도 않는다. 아침에 출근해서 저녁 먹기 전에 퇴근하면서 월 180을 받을 수 있는 직장이 어디 흔한가. 아니, 흔하더라도 그런 직장들은 태주를 위해 준비되어 있지는 않다.

“열심히 하겠습니다.”
“그래, 그래야지.”

센터장의 얼굴에 그제야 흡족한 표정이 걸렸다. 태주는 어렵지 않게 생각했다. 인권단체에 전화한 건 착각했다고 수습하면 되고, 그 외에는 딱히 뭘 할 것도 없었다. 태주가 어디 가서 이 일을 떠들고 다니기를 하겠는가, 아니면 인터넷에 올리기라도 하겠는가. 도시 괴담이나 다름없는 이야기니 말해도 믿어줄 사람도 드물다.

양심이라든가 죄책감이라든가, 마음에 걸리기는 하겠으나 그뿐이다. 물증이 있는 것도 아니고 그저 얼굴 한 번 본 사람이 다른 곳에서 죽어서 들어온 것뿐 아니던가. 이게 정말로 범죄에 연관되어 있다는 증거는 어디에도 없다. 어쩌면 그저 정말로 타이밍이 안 좋았을 뿐인지도 모른다. 한 달 만에 전염병에 걸려서 죽어서 들어왔을 수도 있지. 유족이 시신을 끌어안는 게 아니라 나라에 맡겼고, 그리고 시청에서는 그 시체를 마침 태주가 있던 재활용 센터에 맡기고…….

우연의 일치라기에는 많은 것이 껄끄러웠으나 태주는 억지로 생각을 끊어냈다. 아무렇지도 않다. 아무 일도 없다. 깊게 고민하지만 않으면 괜찮았다. 애초에 태주가 연관될 만한 사고도 아니었다. 아니, 사고라기에도 불분명한 일일 뿐이다. 괜찮다.

"오늘은 이만 들어가요."

"……감사합니다."

"내일 월급날이던가?"

김 주임이 잽싸게 허리를 숙이며 네, 내일 오전에 입금처리될 예정입니다, 라고 대답했다. 센터장은 그냥 고개를 끄덕이고는 자리에서 일어났다. 태주는 그 와중에도 입막음 비용으로 얼마를 더 주는 건 아닐까 싶어 기대한 스스로가 잠깐 환멸스러워졌다.

"조심해서 들어가요."

센터장이 테이블에 놓인 서류를 눈으로 훑었다.

"이태주 씨."
"네, 감사합니다."

센터장이 손을 허공에 휘적거렸다. 사무실로 돌아가는 길은 적막이다. 겉옷을 두는 로커룸까지 따라온 김 주임은 묘하게 불안한 기색이었다. 태주는 아무 말 없이 파카를 꺼내 입고는 김 주임에게도 인사했다.

"내일 뵐게요."
"어, 어어……."

시원찮은 대답이다. 태주는 굳이 되물어보지 않았다. 태주에게는 그럴 의무도 없었고 구태여 긁어 부스럼을 만들고 싶지도 않았다. 태주가 문을 나서기 전에 김 주임이 바짝 따라붙더니 속삭였다.

"태주 씨, 그러니까……."

"네."

"……통화기록 지우고, 차단해둬."

주어는 없었지만 대충 알아들었다. 태주는 잠깐 미묘한 침묵으로 주임을 바라보다가 느리게 고개를 끄덕였다. 이런 소리를 하는 걸 보면 김 주임은 뭘 알고 있는 것 같다. 머릿속에 다시금 새빨간 글씨가 스쳐지나갔다. 재활용 센터는 범죄단체와의 유착관계를……. 그러고 보면 어떤 손님들은 센터장의 비서가 아니라 김 주임이 버선발로 달려나와 맞이하곤 했다…….

"내일 뵐게요."

일주일은 쉬어야 하는 거 아닌가, 하는 생각이 떠올랐지만 태주는 일단 그렇게 말했다. 김 주임이 태주의 어깨를 힘주어 몇 번 두드렸다. 태주는 손이 닿은 부분을 털어내고 싶었다. 마당과 연결된 작업장을 지나면서 저도 모르게 시선이 보디 백들을 살폈다. 태주가 보았던 시체는 이미 작업이 끝나 파쇄된 모양이었다. 묘한 신맛이 입 안에서 맴돌았다. 어쩌면 쓴맛이라고 해도 될 거고.

팸플릿과는 다르게 잊으려면 한참 걸릴 것 같았다. 태주는 입가를 문지르며 걸음을 옮겼다. 노을 지지 않은 환한 거리를 걸어 퇴근하고 있자니 기분이 이상했다.

♺ ✳ ⧗

"나, 오늘 늦게 올 거야."

태주가 고개를 들었다. 동생 태영이 현관에서 신발을 신으며 던진 소리다. 친구와 약속이 있다고 했던가. 태주는 심드렁하게 그러냐, 대꾸하곤 핸드폰으로 시선을 내렸다.

"저번에 그, 나영이랑 노는 거야?"

"나영이 아니고 지영이라니까, 그리고 노는 거 아니야."

"그럼 뭔데?"

딱히 궁금하지는 않았지만 어머니가 태영이 어디 갔냐고 물으면 해줄 말이 필요했다. 태영이가 귀찮다는 듯 콧잔등을 찡그렸다가 어깨를 으쓱했다.

"마라톤 나가는데."

"뭔 소리야. 네가?"

운동이라고는 체육시간에 피구나 겨우 하던 애가 무슨 마라톤. 그러고 보니 약속이 있어 나간다기엔 제법 편한 차림이긴 했다. 넉넉한 맨투맨 티셔츠에 스웨트 팬츠, 뛰기 편한 운동화까지. 뭘 열심히 준비했는데 손목에는 나름 스포츠 밴드까지 차고 있었다. 장비는 잔뜩 준비했긴 한데, 평소 체력을 보면 완주는 할 수나 있을지 걱정스러웠다.

태영도 스스로의 체력을 잘 알았다. 태주의 심드렁한 물음에 태영이 쏘아붙였다.

"그냥 참가만 하는 거거든?"

"그럴 거면 왜 가냐?"

"아, 신경 쓰지 마."

사춘기 애들이란 뭘 물어도 제대로 답해주는 경우가 없다. 신발 끈을 다 묶은 태영이 발을 이리저리 흔들어보았다. 리본을 너무 길게 묶은 탓에 펄럭거리는 끈을 확인하고는 야무지게 신발 안쪽으로 꾹꾹 밀어 넣는다. 태주는 소파에 비스듬하게 누워 그 모양을 바라보다가 웃었다.

"장비빨 세운다고 잘 달리겠냐? 체력이 있어야지."

"지도 체력 거지면서……."

"너, 뭐라 했냐."

이걸 확. 태주가 몸을 일으키자 태영이 후다닥 문을 열어젖혔다. 현관문 사이로 꽁지가 빠져라 달아나는 모양을 보다가 태주는 헛웃음을 터트리며 소파에 다시 드러누웠다. 어릴 때는 그래도 언니 언니 하면서 제법 귀엽게 굴었는데, 요즘은 머리 좀 굵었다고 깔짝거리며 간을 본다. 그것도 아직까지는 선 봐가면서 하긴 하지만.

태영이 나가고, 태주는 소파에 길게 드러누운 채 햇빛이 반사된 천장을 멍하니 바라보았다. 소동이 일었던 것도 벌써 몇 주 전이다. 당시 느꼈던 충격과 두려움도 서서히 잊혀가고 있었다. 인권단체 번호를 죄다 차단했더니 그 뒤로 따로 연락이 오는 일도 없었고, 재활용 센터에서는 태주의 주머니에 보너스를 찔러주었다. 그 돈으로 배부르게 초밥을 시켜 먹고 나서 마음이 느슨해졌다. 일 자체는 변하지 않았지만, 그 뒤로 아는 얼굴이나 수상한 시체를 만지는 일도 없었다.

이 정도면, 정말로 태주만 잊어버리면 끝나는 일이다. 정직원을 보장받았으니 마음도 편했다. 당분간은 직장 옮길 걱정을 안 해도 될 것이다. 때때로 찝찝한 꿈을 꾸고 땀에 흠뻑 젖어 깨어나는 일도 있었지만, 그것도 그때뿐이었다. 희미하게 남아 있던 죄책감이나 양심도 옅어진 뒤였다. 그래, 입을 다문다고 해서 뭐가 크게 잘못되는 것도 아니고, 무엇보다 태주와는 상관없는 일 아니던가. 태주는 생판 타인의 죽음까지 책임져줄 정도로 깨끗한 삶에 열중하지는 않았다. 어쨌든 당장 오늘 배가 부르고 누울 자리가 편하면 괜찮은 생활이 아니겠는가. 투철한 정의감이 없더라도 일상을 유지하는 건 어렵지 않다.

태영이 돌아오면 고기를 구워줘야겠다. 재능도 없는 운동을 하겠다고 나갔으니 돌아올 즈음에는 기진맥진했을 것이다. 내일 근육통이 생겼다고 우는 소리를 하지 않게 더운물로 목욕이라도 하라고 시키고……. 그런 생각을 하다 깜빡 잠들었던 것도 같다. 다시 눈을 떴을 때에는 천장에 비치던 햇빛이 크게 꺾여 있었다. 창밖의 하늘이 색을 달리한 것을 확인하고, 태주는 나른한 몸을 일으켰다. 저녁때가 다 되었는데도 태영이 들어온 흔적이 없었다.

마라톤이라는 게 원래 시간이 오래 걸리나. 아니면 친구랑 같이 나갔다가 저녁도 먹고 들어오나. 태주는 잠시 멍하니 앉아서 시간을 가늠해보다가 핸드폰을 들었다. 따로 연락이 온 건 없었다. 전화라도 해볼까, 하다가 늦는다는 말이 겨우 떠올랐다. 저녁은 먹고 들어온다는 거겠지. 태주는 뒷덜미를 긁고는 적당히 배달 음식을 시켰다. 요새는 삼겹살도 다 구워서 배달해주니 편하다. 자다 깬 탓에 입맛은 딱히 없었지만 또 먹으면 들어가는 게 신기했다.

어머니는 당직이라 내일 저녁에야 들어온다고 했다. 간호사인 어머니는 일하는 시간이 들쭉날쭉한 까닭에 집안을 살피는 건 예전부터 태주의 몫이었다. 식사를 마치고, 플라스틱 그릇을 헹궈서 따로 분리해두고, 청소와 빨래까지 해치울 때까지도 집 안에는 태주 혼자였다. 따로 들어오는 연락도 없다. 창밖은 어두워진 지 오래였다.

"……이태영, 이게 언제 들어오려고 이래."

통금이 따로 있는 건 아니지만 태영은 아직 미성년자였다. 늦게 들어오거나 외박을 하려면 적어도 미리 연락을 해야 태주와 어머니가 걱정을 안 한다는 걸 태영도 알고 있을 터였다. 태주는 잠잠한 메신저를 가만히 바라보다가 전화를 걸었다. 보조배터리도 제대로 가지고 다니지 않는 태영의 성격을 알았던 까닭에 전원이 꺼져 있다는 안내음이 흘러나와도 딱히 놀라지는 않았다.

"오기만 해봐, 진짜."

보조배터리를 몇 개나 사줬는데 죄다 놓고 다니고……. 태주는 신경질적으로 한숨을 쉬다 말고 다른 걸 찾아보았다. 혹여 마라톤 행사가 아직 안 끝났을 수도 있는 것 아니던가. 물론 이 밤중까지 마라톤을 할 것 같지는 않았지만, 알아두면 주최 측에 물어볼 수도 있는 거고……. 포털사이트에 '마라톤'을 쳐서 검색하자 상단에 기사 몇 개가 떴다. 기본 광고를 제치고 기사 하나를 확인한 태주의 손이 멈췄다.

[13회 미도인권마라톤대회 개최 "혐오/차별 없는 세상 위해 뛰어요"

미도시 인권단체 협의회가 주관하는 미도인권마라톤

대회가 오는 7일 개최된다. 2010년부터 시작된 이 대회는 5km와 10km, 21.095km(하프 코스)로 나눠 진행되며…….]

귀에서 뭔가가 찢어지는 소리가 들렸다. 귓가를 얻어맞은 것처럼 비명 같은 이명이 들렸다. 순간적으로 턱이 뻑뻑해지며 신물이 울컥 치밀었다. 태주는 스스로의 심장소리를 들으며 숨을 삼켰다. 의식적으로 호흡하려 애쓰는 소리가 애처롭기까지 했다. 간신히 헐떡거리며 다른 기사를 클릭하고, 날짜를 확인해 다시 검색해보아도 오늘 열리는 마라톤 대회는 하나뿐이었다. 미도인권마라톤대회. 이름도 더럽게 길다. 창의력이라고는 없는 이름을 보며 태주는 내장이 뒤틀리는 것 같은 통증을 느꼈다. 명치 아래가 순식간에 꼬여든다.

소용없을 걸 알면서도 태영의 전화번호를 누르는 손길이 급했다. 몇 번을 걸어도, 당연하지만 태영은 전화를 받지 않았다. 전화기가 꺼져 있어……. 어쩌고저쩌고. 녹음된 멘트를 세 번쯤 듣고서야 태주는 몸이 떨리고 있다는 사실을 깨달았다.

하필이면 지금, 그 남자의 시체가 기억 속에서 떠오른다. 눈을 부릅뜨고 죽은 시체. 묶인 것처럼 부자연스럽게 웅크린 채 하얗게 굳어버린 몸. 약간 벌어진 입 안에서 나오던, 피에 젖은 천 조각.

"……씨발, 진짜."

아닐 거라고 억지로 부정했지만 머릿속이 멈춰버린 것처럼 생각이 떠나질 않았다. 태주는 이를 악물고 전화번호부를 뒤졌다. 태영은 친구가 많다. 하루를 어떻게 보냈냐고 물으면 언제나 나오는 이름이 달랐다. 그중 태주가 전화번호를 알고 있는 이름은 단 하나도 없다. 동생의 친구와 딱히 사교적으로 지내려고 하지 않았던 스스로가 짜증까지 났다.

입이 바짝바짝 말랐다. 아닐 것이다. 태영에게 무슨 일이 생기지는 않았을 것이다. 태영은 종종 핸드폰이 꺼져버리면 연락도 없이 친구 집에서 자고 오곤 했고, 오늘은 특히나 어머니가 당직이라는 사실을 알았으니까 연락이 없어도 괜찮을 거라고 여겼겠지. 필사적으로 좋게 생각하려고 해도 자꾸만 떠오르는 얼굴이 있었다. 자꾸만, 그 희멀건 얼굴에 태영이 겹쳐진다.

태주는 차단 목록에 들어가 가장 최근 것부터 전화를 걸기 시작했다. 인권단체 협의회에서 쓰는 번호들이다. 지역번호로 시작하는 사무실 번호에 하나씩 전화를 걸어도 받는 사람이 없다. 퇴근하고도 남았을 시간이니 당연한 일이다. 인권단체라는 데에서도 출퇴근을 하는지는 모르겠지만 사람이 계속 상주해야 하는 거 아닌가, 하는 비이성적인 짜증이 치밀었다가 가라앉았다. 지금은 그런 걸 따질 때가 아니었다.

경찰에 전화를 해야 하나. 불쑥 떠오른 생각에 태주는 호흡을 멈췄다. 경찰에 전화를 하면 태영을 찾을 수 있을까. 늦기 전에……. 그러나 동시에 기묘한 불안이 떠올랐다. 비닐에 담겨 있던 남자의 시체. 보너스를 받고 입을 다문 자신. 경찰에게 말을 하면 어디서부터 어디까지 이야기를 해야 하는 건가. 동생이 늦게 들어온다는 이유만으로 실종 신고를 낼 수는 없다. 그러면 뭐라고 해야 하는가.

'일하는 재활용 센터의 센터장이 범죄 시체들을 은닉하고 있는 것 같은데, 제가 그걸 발견했고, 입을 다무는 대가로 돈과 정직원 자리를 약속받았는데…….'

태주는 경찰에게 할 얘기를 머릿속에서 정리하다 말고 생각을 끊어냈다. 근거도 없는 소리를 경찰이 믿어줄지는 둘째 치고, 이래서야 태주 자신도 공범이나 다름없는 포지션 아니던가. 어쨌든 간에 시체를 보고도 입을 다문 건 태주도 마찬가지였다…….

그러면 이제 어디에 전화를 해야 하나. 어디에 연락을……. 어머니에게 연락할 수는 없다. 근무 중인 어머니가 전화를 받을지 안 받을지도 모르는 상황이다. 태주는 제 잘못을 땅에 파묻어버리고 싶었다. 잘못을, 그러니까 실수를, 그러니까 유혹에 눈이 멀어 아무 일도 아닐 거라며 넘어가버린 자신의 안일함을, 그러니까 이태주라는 멍청한 사람을.

"……."

정신이 한계에 다다랐다. 태주는 소모적인 생각을 밀어두고 전화를 걸었다. 경찰에 전화를 거는 건 처음인데 신호음이 보통 전화와 다르지 않았다. 신호음이 두 번 울리기 전에 통화가 연결되었다.

[경찰입니다, 무슨 일이세요.]

차분한 목소리였다. 순간적으로 말문이 막혔다. 안심이 되어야 할 텐데 오히려 불안하게 가슴이 뛰었다. 태주는 이가 부딪치는 것을 느끼며 숨을 느리게 헐떡이다가 간신히 말을 끌어냈다.

"……동생이 나갔다가 돌아오질 않아요."

이 정도는 괜찮을 것이다. 이 정도로 말하는 정도는……. 만약에 오해였다 하더라도 센터에서 추가적으로 해를 끼치지는 않을 것이다. 괜찮다. 태주는 정말로 아무 말도 하지 않았으니 센터에서 뭘 하지는 않았을 테지만……. 간신히 도달한 사고가 엉망으로 뒤엉켰다. 도대체가 스스로 뭘 해야 할지도 알 수가 없다. 경찰의 대꾸를 듣기도 전에 태주는 쏟아내듯 말을 게워냈다.

“점심에 나갔는데 지금까지 연락도 안 받고 전화도 꺼져 있어요. 제, 제가 뭘 할 수 있는 게 없어서. 그런데 인권단체라서……. 아니, 그, 핸드폰 번호 알려드리면 위치 추적 같은 거 못 하나요? 어디에 있는지만이라도.”

[신고자분, 진정하시고 일단 동생분 이름이랑 전화번호 알려주세요.]

머리가 멎어버린 건지 태영의 이름과 전화번호를 말하는 것마저도 쉽지 않았다. 태주가 더듬더듬 불러준 내용을 되물어 확인하는 내내 경찰의 목소리는 몹시도 침착했다.

[동생분이 연락이 안 되는 게 처음인가요?]

"아뇨, 그건 아닌데. 그건 아닌데……."

[그러면 걱정하시는 이유가 따로 있나요? 동생분이 위험에 처해 있는 겁니까?]

순간적으로 입이 다물렸다. 어디까지 말해야 하는 건가. 가슴이 싸늘해졌다가 끓는 듯이 뒤엉키길 반복했다. 시체를 발견한 일부터 말해야 하나? 인권단체와 재활용 센터의 마찰을 이야기해야 하나? 그걸 말했다가는 센터에서 무슨 일을 벌이지 않을까? 지금 직장에 있는 어머니까지도 일을 당하는 건 아닐까?

"……."

[신고자분?]

토할 것 같았다. 눈물이 나올 것 같았지만 눈에서는 아무것도 흐르지 않았다. 태주는 숨소리처럼 내뱉었다.

"제가 착각했나봐요."

그리고 전화가 끊겼다. 스스로 전화를 끊었다는 사실은 몇 초 뒤에 간신히 깨달았다. 손이 떨렸다. 태주는 필사적으로 핸드폰을 뒤졌다. 경찰에 연락할 게 아니었다. 경찰에 연락할 게 아니라…….

연락처에 있는 번호들을 필사적으로 훑어보다가 태주의 눈이 한 군데에서 멈췄다. 김 주임. 김 주임이라면 뭐라도 알고 있을 것이다. 밤에 가까워진 시간도 상관하지 않고 통화 버튼을 눌렀다. 두 번, 세 번, 통화음이 이어지다가 사람 목소리가 들렸다. 자고 있었는지 졸음에 겨운 목소리. 여보세요, 하고 숨소리가 더 많이 섞인 인사.

"태영이, 어디 있어요?"

잠깐 침묵이 흐르다가 멍청한 물음이 되돌아왔다.

[뭐?]

"태영이 어디 있냐고요. 그쪽에서 데려갔죠."

[뭐, 무슨…… 태주 씨? 전화 잘못 건 거 아니야?]

반쯤 졸음에 잠긴 목소리를 들으며 태주는 이상할 정도로 머리가 맑아지는 걸 느꼈다. 김 주임은 상황을 모른다. 그러면 다른 사람에게 물어봐야 할 것이다. 지나치게 동요한 탓인지 오히려 감정이 지워지고 상황만이 남았다. 다른 사람. 다른 사람…….

[태주 씨, 무슨 일인지는 모르겠지만…….]

태주는 전화를 끊었다. 알 만한 사람이 또 누가 있더라. 사실 가장 먼저 떠오른 얼굴은 따로 있었지만, 아무래도 일개 계약직 직원이 센터장 번호까지 저장하고 다니지는 않는다. 홈페이지에 나와 있는 것도 개인 번호는 아닐 것이다. 집 주소는 더더욱 모른다.

태주는 시간을 확인했다. 시계는 이제 막 자정을 넘겼다. 심장은 쿵쿵 뛰는데 손끝이 싸늘했다. 머릿속이 아득하다. 뺨은 뜨거웠고, 숨은 가늘고, 명치를 쥐어짜는 것 같은 통증이 막을 하나 씌운 것처럼 불투명하게 느껴졌다.

괜찮다. 태주는 억지로 호흡했다. 와중에 외투를 챙겨

입고 신발을 바르게 신는 스스로가 우스웠다. 신발코를 바닥에 툭, 툭, 두드리며 생각한다. 괜찮다. 괜찮았다. 되돌릴 수 있다.

그렇게 생각하지 않으면 미쳐버릴 것 같았다.

♻✳⧗

새벽 공기가 뺨을 스쳤다. 지정 구역에 매끄럽게 들어선 벤틀리의 시동이 꺼졌다. 멀끔하게 차려입은 센터장이 눈가에 달라붙은 피로를 밀어내며 차에서 내렸다. 드문드문 차가 세워진 주차장을 가로질러 건물로 들어서기까지만 해도 센터장은 하루의 시작에 어떤 의문도 없었다. 오늘 해야 할 일과 이번 달의 일정이 머릿속에서 서로 등을 맞대고 아우성치긴 했으나, 그 정도는 아침을 여는 활력으로 나쁘지 않은 스트레스였다.

일단은 화초를 닦아야 했다. 센터장실의 창가에 둔 화초는 요즈음 그가 특히나 열중하는 취미였다. 잎사귀를 하나하나 정성 들여 닦다보면 잡념이 사라지는 것만 같았다.

반짝거리는 잎맥과 푸른 줄기를 들여다보며 오늘도 하루를 살아낼 셈이었다.

분명 문을 열 때까지는 그랬다. 오늘은 어깨를 누르는 피로도 덜했다. 평소보다도 괜찮은 하루가 될지도 모른다는 막연한 예감은 등 뒤에서 문이 철컥, 닫히는 소리와 함께 사라졌다.

"센터장님."

살짝 잠긴 목소리가 바닥에 깔린다. 센터장이 태주의 얼굴을 확인하곤 얼굴을 찡그렸다. 상대를 못 알아본 건 아닌 눈치라, 태주는 자기소개를 하는 대신 본론부터 물었다.

"태영이 어디 있어요?"
"여기서 지금 뭐 하는 건가?"

답 대신 호통에 가까운 물음이 돌아왔다. 태주는 묵묵히 센터장을 노려보았다. 그를 몇 시간 동안이나 기다린 건지 알 수 없었다. 사무실 문을 따고 들어올 때까지만 해도 태영을 찾을 만한 힌트를 뒤져볼 생각이었지만, 하늘이 밝아올 때까지 아무것도 찾아내지 못하자 인내심이 휘발되었다. 마구 뒤집어놓은 서랍과 장식장에는 과연 불건전해 보이는 장부가 몇 개나 발견되었지만 태영의 이름은 없었다.

"제가 뭘 어쨌다고 이러세요."

태주는 얌전히 굴었다. 입을 다물라고 해서 다물었다. 누구에게도 말하지 않았고, 심지어는 태주 자신도 잊어버리고 살았다. 어려운 일은 아니었다. 이름도 모르는 사람이 죽었다고 해서 뭘 어쩌겠는가. 태주는, 본인 입으로 말하기는 우스웠지만, 꽤나 말 잘 듣는 개처럼 굴었다고 생각했다.

머릿속이 아득했다. 몇 시간이나 서랍을 뒤지고 있지도 않은 비밀 공간을 찾아 나무 바닥을 긁어대면서, 어쩌면 오해일지도 모른다는 생각을 했다. 태영이 연락 없이 외박한 건 이번이 처음이 아니다. 어쩌면 아무 일도 일어나지 않았고, 태주 자신이 과민 반응을 하고 있는지도 모른다는 생각이 자꾸만 들었다. 가능성 있는 이야기였다. 아니, 차라리 더 믿고 싶었고 믿을 만한 이야기였다.

그러나 태영에게 전화를 걸어 흘러나오는 기계음을 듣다보면 이성적인 소리는 머릿속에서 지워지고 말았다. 새빨간 글씨가 태주의 뒤통수를 따라다니는 것 같았다. 재활용센터는 범죄단체와의 유착관계를 해명하라. 범죄단체와의 유착관계를……. 그 팸플릿을 버리지 말고 놔둘걸, 하는 생각이 들었다. 글씨가 분명 빽빽하게 적혀 있었는데 막상 기억나는 건 그 한 줄뿐이었다. 범죄단체와의 유착관계……. 멍하니 곱씹다보면 원래 뜻이 뭐였는지 형체도 알 수 없게 소화되어버린다. 새삼스럽게 단어를 엮어 뇌리에 떠오른 문장이 낯설었다. 범죄단체.

그러니까 센터장은 그럴 수 있는 사람이었다. 그는 마음에 안 든다는 이유 하나만으로 사람을 굳혀 썰어버릴 수 있는 사람이다. 하얗게 굳어버린 그 남자의 얼굴은 잘게 갈려서 어떤 물건으로 바뀌었을까. 폐플라스틱이라는 이름으로 분쇄되어 나왔을 남자를 떠올리면 태영의 이름이 사고에 달라붙었다. 남자가 들어 있던 보디 백에 태영이 재갈을 물고 웅크려 죽어 있는 모습이 어렵지 않게 떠올랐다.

센터장이 어떤 이유로 남자를 죽였는지는 모른다. 태영도 마찬가지였다. 태영이 어떤 이유로 끌려갔는지 태주는 모른다. 태주가 알지 못하는 이유로 먼 곳에서 죽어버릴 태영이 자꾸만 머릿속을 메우고, 간신히 남아 있는 한 톨의 이성을 짓눌러 망가뜨렸다. 현실적으로 생각하려고 노력할 때마다 희멀건 시선이 어디선가 느껴졌다. 하얗게 굳어버린 눈동자가. 그 남자의 눈이, 어쩌면 태영의 눈이.

"저, 아무 짓도 안 했잖아요. 왜 태영이한테……."

센터장이 주춤거리며 뒤로 물러났다. 태주는 제 손에 묵직한 쇠 집게가 들려 있다는 사실을 뒤늦게 깨달았다. 파랗게 질린 얼굴을 보면서도 그것을 치운다거나 놓을 생각은 들지 않았다. 대신 태주는 손을 휘둘러 센터장이 꺼내든 핸드폰을 쳐냈다. 센터장이 외마디 비명과 함께 감싼 손에서 새빨간 피가 뚝뚝 떨어진다.

"태영이 어딨어요?"

"도대체…… 자네 미쳤나?"

센터장이 책상 뒤쪽으로 발을 끌며 거리를 벌릴 때마다 태주가 성큼 다가갔다. 이 상황까지 되어서도 모른 척하는 꼴을 보고 있자니 속이 끓었다. 아니, 어쩌면 이자는 정말로 모르는 일일 수도 있다. 태주는 구석까지 몰린 센터장을 내려다보며 가능성에 대해 생각했다. 태영의 실종에 센터장이 관여하지 않았을 가능성. 태영이 간다던 마라톤이 인권단체에서 주최한 게 아니었을 가능성. 센터장이 태영에 대해서 모르고 있을 가능성…….

"자네 동생 말하는 거군, 그렇지?"

간신히 기억 속에서 이름을 건져 올렸는지 센터장의 얼굴이 바보 같은 희망으로 밝아졌다. 어쩌면 모르는 척하는 게 더 이상 먹히지 않다고 판단했는지도 모른다. 태주는 쇠 집게가 손바닥을 누르는 것을 느끼며 잠자코 센터장을 바라보았다. 그의 권위와 오만을 벗겨내고 나니 반쯤 짓눌린 개미 같은 발버둥이 눈에 들어왔다. 태주를 달래려는 몸짓과 자극하지 않기 위해 내리깐 목소리. 그러면서도 상황을 바쁘게 살피는 눈동자.

"일단 그거 내려놓게."

"……."

"내려놓으면 그, 태영이라고 했나. 그 애가 어디 있는지 알려주지."

이 상황까지 와서도 그런 소리가 나온다는 게 놀라웠다. 거래를 하려고 든다는 사실이. 입 안에 쓴물이 돌았다. 태주가 아무 말 없이 내려다보고만 있자 센터장의 시선이 흔들렸다. 아주 짧은 순간, 시선이 창가에 있는 화초에 닿았다. 딱 1초, 어쩌면 1초보다 안 되는 순간.

두꺼운 손이 화분을 움켜쥐었다. 날듯이 휘둘러진 도

자기 화분이 옆머리를 노린다. 반사적으로 뒤튼 어깨에 화분이 맞아 뻑, 소리와 함께 갈라졌다. 흙과 자갈이 쏟아진다. 흐트러지는 시야에 센터장의 손이 들어왔다. 높게 치든 손에는 화분 받침이, 도자기로 구워낸 흉기가 들려 있었고.

거의 본능적으로 팔이 치켜 올라갔다. 단단히 움켜쥔 쇳덩어리가 늘어난 팔처럼 뻗어나갔다. 내리쳐지는 흙보다 빨리, 으깨어진 목소리보다도 거세게 쳐올린 손이 쇠집게를 휘둘렀다. 휘두른 팔 끝에는 머리가 있었다. 관자놀이 부근에 집게 모서리가 처박히는 모양이 아주 느리게 보였다.

센터장은 비틀거리지도 당황하지도 않았다. 거대한 몸뚱이가 의식을 잃고 카펫 위로 쓰러졌다. 사무실에 으레 깔곤 하는 얇은 카펫은 충격을 크게 흡수하지 못했다. 쓰러지는 순간에도 머리가 한 번 더 쿵, 흔들린다. 태주는 숨도 쉬지 못한 채 얼어붙어 있었다. 집게를 쥔 손이 어쩐지 뜨겁다. 심장이 목 안쪽에서 뛰는 것 같았다. 피가 미친 듯이 빠르게 돌았다.

정적이 찾아든다. 아직 출근 시간이 되려면 30분 정도 남았다. 소란을 알아차릴 만한 사람이 건물에 있는 것 같지는 않았다. 적어도 태주는 그렇게 생각했다. 아니, 생각조차 할 수 없을 정도로 심장 뛰는 소리가 시끄러웠다. 시야가 새빨갰다. 화분 파편에 눈가를 다쳤다는 사실은 한참 후에나 알았다.

"센터장님, 혹시 어제……."

예고도 없이 문이 벌컥 열렸다. 문을 잠그지 않았던가? 순간적으로 도망치려다 타이밍을 놓친 탓에 태주가 어설픈 자세로 얼어붙었다. 문을 열고 들어온 김 주임 또한 마찬가지였다. 마주한 눈에 담긴 의아함이 경악으로, 경악이 공포로 뒤바뀌었다가…….

김 주임의 시선이 천천히 움직였다. 부서진 화분과, 다쳐서 주저앉은 태주와, 쓰러진 센터장. 초로의 머리 밑에서 붉은 것이 천천히 흘러나와 바닥을 적시고 있었다. 회색과 검은색 무늬가 반복되는 카펫이 검붉게 젖어들어간다.

한참 만에야 간신히 흘러나온 목소리는 형편없이 뒤집혀 있었다.

"……태주 씨."

태주는 뭘 해야 한다는 자각도 없이 반사적으로 집게를 꽉 움켜쥐었다. 상황이 안 좋았다. 목격자가 생겨버렸다. 애초에 이런 일을 하려고 한 건 아니었는데, 센터장을 죽이려던 건 아니었는데. 그저 태영이를 찾으려고……. 끝없이 이어지는 생각을 끊어내듯이 김 주임이 문을 닫았다. 등 뒤로 잠금 장치를 거는 손길이 신속했다.

"정신 차려."
"……주임님?"
"서랍에서 분사기 가져와."

이게 무슨 상황인지 알 수가 없었다. 태주가 멍하니 앉은 동안 김 주임은 지체 없이 움직였다. 바닥에 쓰러진 센터장의 호흡을 확인하고 팔다리를 척척 접는 게 한두 번 해본 솜씨가 아니었다. 태주가 영문도 모르고 앉아 있자 김 주임이 혀를 찼다.

"빨리 움직여, 숨 붙어 있을 때 해야 해."

"……뭘요?"

멍청하게 질문을 뱉자 김 주임이 신경질적으로 얼굴을 구겼다. 태주를 시키는 대신 김 주임은 서랍에서 큰 비닐봉지와 작은 스프레이를 꺼냈다. 천식 환자를 위한 호흡기처럼 생긴 까닭에 태주가 서랍을 뒤지면서도 아무 생각 없이 무시했던 것이다.

김 주임은 비닐봉지를 센터장의 얼굴에 씌웠다. 거의 밀폐하듯 돌돌 말고는 끄트머리에 분사기를 꽂는다. 쉬익, 소리와 함께 비닐봉지가 약간 부풀어 올랐다.

김 주임의 얼굴이 창백했다. 태주는 사고가 분리된 것처럼 그 광경을 멍하니 바라보다가 주임이 급기야는 센터장의 옷을 벗기기 시작하자 겨우 정신을 차렸다. 아무리 잘 봐줘도 보기 좋은 꼴은 아니다. 센터장은 거의 도축한 짐승의 가죽을 벗기듯이 센터장을 나체로 만들었다. 그 과정에서 몸이 조금씩 꿈틀거렸지만, 센터장은 얼굴이 새파랗게 질린 상태로도 손을 멈추지 않았다.

도대체 이게 무슨 상황이지. 태주는 돕지도 못하고, 그렇다고 말리지도 못하고 멍청하게 서 있다가 문득 센터장의 발가락에 시선을 던졌다. 딱히 불만한 것도 없는 짧고 지저분한 발끝이 천천히 희게 물들고 있었다.

"……주임님."

멍하니 부르자 그제야 김 주임의 시선이 태주에게 닿았다. 잠시 태주를 빤히 바라보던 그가 책상 위의 티슈를 집어다 안겨주었다.

"이마 닦고 정신 차려."

"뭐, 하시는……."

"사람들 출근하기 전에 끝내야 해."

출근 시간. 플라스틱으로 물들어가는 시체……. 태주는 간신히, 정신을 차렸다. 관자놀이를 타고 흘러내리는 피를 대충 닦아낸다. 김 주임이 꽂아둔 스프레이가 쉬익, 바람 빠지는 소리를 내며 희뿌연 연기를 계속해서 주입하고 있었다. 정확히 뭔지는 알 수 없었지만, 센터장의 상태를 보면 짐작은 갔다.

태주가 창고에서 수레를 가져왔다. 둘이 힘을 합쳐 센터장을 싣고 1층으로 내려가는 동안에도 점차 무게가 가벼워졌다. 이따금 완전히 굳지 않은 몸이 허우적거리며 상황을 살피려 했지만 그것도 그때뿐이다. 초라하게 벗은 몸은 점차 가벼워졌고, 작업장에 도착했을 즈음에는 온기가 완전히 날아가 있었다.

김 주임이 파쇄기를 켰다. 거대한 소음과 함께 칼날이 돌아가기 시작했다. 태주는 자신이 할 일을 했다. 센터장의 굳어버린 관절을 토막 내며 김 주임의 소문에 대해 생각했다. 태주가 입사하기 직전에 갑작스럽게 승진했다고, 부자연스러운 일이었다고.

방금 전까지 살아 있던 자의 몸을 잘라내면서도 구역질

이 나오지 않았다. 배 속이 비어서 나올 것도 없는 탓인지도 모른다.

반투명한 손가락이 파쇄 기계 안으로 빨려 들어간다. 그르륵, 하고 짐승이 우는 소리처럼 기계가 토막을 하나씩 삼켰다. 김 주임이 땀과 피로 범벅이 된 채 멍하니 선 태주의 어깨를 두드렸다.

"……오늘은 병가 처리할 테니까 돌아가."

태주는 느리게 눈을 깜빡였다. 아주 격렬한 운동을 한 뒤 찾아오는 탈력감 같은 무기력이 온몸을 휩쓸었다. 가만히 숨만 몰아쉬고 있는데 주머니에서 진동이 울렸다. 모르는 번호다.

[언니!]

태영이 그 번호 끝에서 소리치고 있었다.

[어제 핸드폰 떨어뜨려서 완전 박살 나버렸지 뭐야. 일단 친구 집에서 잤는데, 생각해보니까 연락을 못 했어가지고……. 걱정 많이 했어?]

욕설이 치밀었다가, 허탈해졌다. 태주는 머리를 쓸어 넘기려다가 피딱지에 손가락이 걸려 멈췄다. 시야가 어지러운데 이상하게 머릿속은 깨끗했다. 아주 나쁜 꿈을 내내 꾸다가 간신히 깨어난 것 같았다.

"……너 집에 들어오기만 해봐."

으름장을 놓으면서도 바람 빠진 웃음이 샜다. 등 뒤에서는 기계가 돌아가고 있다. 김 주임이 컨베이어벨트에 놓인 파편을 생산 라인으로 옮기고 있었다. 폐플라스틱은 다른 것으로 재탄생할 것이다. 볼펜이라든가, 정리함이라든가, 화분 같은 것으로.

화분이 제일 좋겠다. 어깨가 욱신거렸다. 돌아가는 길에 병원부터 들러야 할 것이다. 태주는 김 주임에게 가벼운 인사를 남기고 작업장을 빠져나왔다. 걸음이 묘하게 가벼웠다. 거리가 밝아오며 사람들이 하나둘 버스에서 내리는 게 멀리 보였다.

태주는 후드를 눌러쓰고 버스에 올라탔다. 출근 시간에 늘 다니던 길을 반대로 되짚어가면서도 마음에 걸리는 것이 없었다. 괜찮다. 태주는 다리를 쭉 뻗으며 창밖을 바라보았다. 괜찮았다. 아무 일도 일어나지 않았기 때문에.

인간쓰레기의 처리 방법

인간쓰레기의 처리 방법

초판 1쇄 발행 2023년 8월 1일

지은이 이희진

발행인 고영토
기획 신은현
발행처 ㈜콘텐츠랩블루
출판신고 2019년 1월 10일 제 2019-000006호

펴낸곳 ㈜타인의취향
마케팅 이유리, 김경민, 윤여준, 이서윤
경영지원 김나영
디자인 크리에이티브그룹 디헌
주소 서울시 마포구 큰우물로 75 성지빌딩 1406호
전화 02-6949-6014 **팩스** 02-6919-9058

ISBN 979-11-6968-642-6 03810

• CLB BOOKS는 ㈜콘텐츠랩블루의 출판 브랜드입니다.
• 책값은 뒤표지에 있습니다.
• 잘못된 책은 구입하신 곳에서 바꾸어 드립니다.